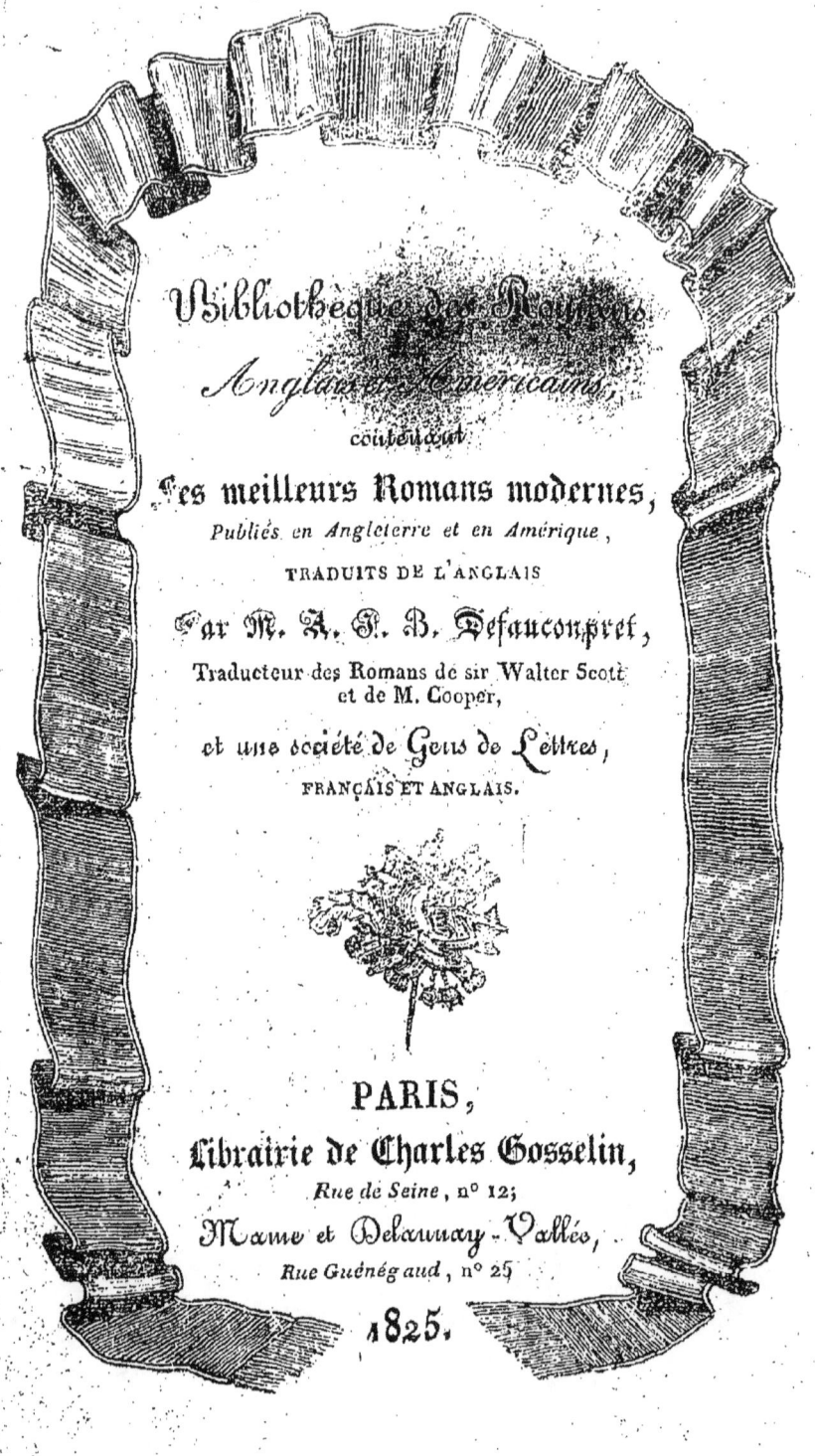

Bibliothèque des Romans
Anglais et Américains,

contenant

Les meilleurs Romans modernes,

Publiés en Angleterre et en Amérique,

TRADUITS DE L'ANGLAIS

Par M. A. J. B. Defauconpret,

Traducteur des Romans de sir Walter Scott
et de M. Cooper,

et une société de Gens de Lettres,

FRANÇAIS ET ANGLAIS.

PARIS,

Librairie de Charles Gosselin,

Rue de Seine, n° 12;

Mame et Delaunay-Vallée,

Rue Guénégaud, n° 25

1825.

BIBLIOTHEQUE

DES ROMANS MODERNES

Anglais et Américains.

WALLADMOR.

IMPRIMERIE DE COSSON , RUE GARANCIÈRE.

WALLADMOR,

ROMAN ATTRIBUÉ EN ALLEMAGNE

A SIR WALTER SCOTT;

TRADUIT DE L'ANGLAIS,

PAR M. A. J. B. DEFAUCONPRET,

TRADUCTEUR DE LA COLLECTION COMPLÈTE DES ROMANS
HISTORIQUES DE SIR WALTER SCOTT.

TOME PREMIER.

PARIS,

LIBRAIRIE DE CHARLES GOSSELIN,
RUE DE SEINE, N° 12;

MAME ET DELAUNAY-VALLÉE, LIBRAIRES,
RUE GUÉNÉGAUD, N° 25.

M DCCC XXV.

Bibliothèque des Romans

ANGLAIS ET AMÉRICAINS,

CONTENANT

LES MEILLEURS ROMANS MODERNES

PUBLIÉS

EN ANGLETERRE ET EN AMÉRIQUE;

TRADUITS EN FRANÇAIS

PAR M. A. J. B. DEFAUCONPRET,

Auteur de *Londres et ses Habitans*, de *Masaniello*, de *Jeanne Maillotte*, de *Wat-Tyler*, etc.; traducteur des romans historiques de sir Walter Scott, des romans américains de M. Cooper, etc., etc.;

ET UNE SOCIÉTÉ DE GENS DE LETTRES

FRANÇAIS ET ANGLAIS.

Format in-12.

Prospectus.

Né en France sous le règne de Charlemagne, le roman dut à la chevalerie son origine et ses mœurs. Le peuple se plaisoit au récit des tournois, des enchantemens, de la vaillance des preux, de la constance des dames; et les grands, flattés dans leur goût pour les armes, accueillirent avec plaisir ces productions qui rehaussoient leur mérite dans l'opinion des peuples. De la France ce goût se répandit dans tout le reste de l'Europe; bientôt les croisades enrichirent le domaine du roman des inventions poétiques de l'Arabie. Mais quand de nouvelles idées eurent introduit de nouvelles mœurs, les paladins durent paroître surannés, et les dames fidèles hors de toute ressemblance. Aux vieilles tours, aux magiciens, aux géants pourfendus, succédèrent des tableaux plus simples et plus naïfs. Plus on s'étoit éloigné de la nature, plus on voulut s'en rapprocher. Mais le dégoût d'un excès jeta dans un excès contraire : les chevaliers enchantés furent remplacés par les bergers de Durfé, et le roman resta, comme auparavant, sans application possible pour les habitudes de la vie commune. Les Anglais, après avoir payé successivement leur tribut à ces diverses idées, eurent le mérite de s'en affranchir les premiers. Chez eux les classes moyennes obtinrent plus tôt que chez nous un rôle dans la littérature comme dans le gouvernement. Détournés par les formes de leur constitution de tout ce qui ne présente à l'esprit qu'une frivolité sans objet et sans but, ils introduisirent dans le roman un caractère et des habitudes jusqu'alors inconnus. Lesage avoit peint les hommes considérés dans les différens états de la société. Les romanciers anglais pénétrèrent dans l'intérieur des familles, étudièrent les mœurs domestiques, les peignirent d'une manière dramatique, et les premiers ils donnèrent au roman un but moral et une forme plus généralement applicable. Ce fut là le plus beau titre de gloire de Fielding et de Richardson, et cette gloire étoit assez belle. Depuis cette époque, les romans anglais ont joui d'une supériorité qui n'a point été contestée. De nos jours, le célèbre sir Walter Scott, ennoblissant le roman par l'éclat de son génie, l'a rapproché de l'histoire, et a étendu le cercle des conceptions de l'esprit humain. Tout le monde a lu ses romans; on ne cesse de les relire; et le plaisir qu'ils ont procuré a redoublé l'attrait qu'inspiroient déjà les fictions qui nous viennent de l'Angleterre. D'un autre côté, son exemple n'est pas resté sans fruit parmi les romanciers de son pays : les succès de l'auteur des *Puritains* ont excité l'émulation de quelques littérateurs distingués, qui n'ont pas dédaigné d'entrer dans une carrière agrandie ; et la lecture des romans a été plus recherchée à mesure qu'elle est devenue plus intéressante.

Cette considération nous a suggéré l'idée de réunir sous le titre de *Bibliothèque des Romans anglais et américains* les productions des plus célèbres romanciers modernes de la Grande-Bretagne et de l'Amérique. Au milieu de cette abondance, un choix est plus que jamais nécessaire. Il s'agissait d'avoir sur les lieux un littérateur aux aguets des nouveautés, et capable de distinguer les bons ouvrages des médiocres. Le nom de M. Defauconpret, traducteur des *romans de sir Walter Scott et de M. Cooper*, seroit seul une garantie ; mais il s'est adjoint à Londres même, sa résidence habituelle, des collaborateurs français et anglais capables de le seconder ; trois hommes de lettres, qui ont également habité l'Angleterre, sont chargés à Paris, non-seulement d'une partie de la traduction, mais encore de la révision des épreuves et du soin d'ajouter les notes indispensables dans toute traduction. Par ce moyen les éditeurs ont l'espoir d'être garantis des inconvéniens d'une concurrence dont le moindre n'est pas celui qui force les traducteurs de rivaliser de vitesse plutôt que d'application. Ils peuvent donc annoncer que la *Bibliothèque des Romans anglais et américains* contiendra les meilleures productions des romanciers vivans de la Grande-Bretagne, tels que ceux de Godwin, auteur de *Caleb Williams*, de lady Morgan, de miss Edgeworth ; du Rᵈ Maturin, auteur de *Melmoth ;* de M. Galt, auteur de *Sir André Wylie ;* de miss Opie ; des deux miss Porter ; de M. Lockart, gendre de sir Walter Scott ; et enfin les ouvrages de quelques romanciers américains, qui, tels que M. Brown, n'ont pas moins d'originalité que le Walter Scott de New-York. Les productions de M. Cooper, comme celles de sir Walter Scott, formant déjà une collection spéciale, ne feront point partie de celle-ci.

Le premier roman que les éditeurs doivent publier sera *Walladmor*, en trois volumes in-12, qui paroîtra le 15 février. Cet ouvrage, d'origine allemande, et attribué à sir Walter Scott, appartient à la littérature anglaise moins par le sujet que par l'espèce de transformation que lui a fait subir le traducteur de Londres. *Walladmor* sera suivi de *Rothelan*, par M. Galt; de *Merton*, d'*Amour et honneur*, par M. Théodore Hook; des *Albigeois*, par M. Maturin; de *Mathieu Wald*, par M. Lockart; etc. Des *notices biographiques* sur les auteurs et leurs ouvrages précéderont quelques-uns de ces romans. Tous les trois mois l'éditeur y ajoutera une espèce de *bibliographie romancière de l'Angleterre*, ou analyse succinte des romans du second ordre, dont que ques scènes remarquables seroient le seul mérite.

CONDITIONS DE LA SOUSCRIPTION.

La *Bibliothèque des Romans anglais et américains modernes* se composera, ainsi que nous l'avons dit dans le prospectus, de tous les bons romans qui se publieront en Angleterre et en Amérique; elle paroîtra par livraisons de deux, trois, quatre ou cinq volumes, et à-peu près chaque mois. Le prix de chaque volume sera de 2^{fr} 50^c pour les non-souscripteurs, et de 2^{fr} 25^c pour ceux qui souscriront à la collection entière.

Chaque ouvrage se vendra séparément.

ON SOUSCRIT, SANS RIEN PAYER D'AVANCE,

A la librairie de CHARLES GOSSELIN, éditeur des Œuvres complètes de sir Walter Scott, in-8° et in-12, et des romans de M. Cooper, rue de Seine, n° 12;

Chez MAME et DELAUNAY-VALLÉE, libraires, rue Guénégaud, n° 25.

LECOINTE ET DUREY, libraires, quai des Augustins, N° 49.

PARIS, IMPRIMERIE DE COSSON, RUE GARANCIÈRE.

WALLADMOR.

CHAPITRE PREMIER.

« Tels deux monstres marins , dans le vaste océan ,
Se disputent le droit d'en être le tyran.
La rage les transporte ; ils s'attaquent , bondissent ;
Les flots en sont émus, les airs en retentissent. »

SPENCER.

LE lecteur se souvient peut-être encore
d'avoir lu dans le Times, il y a environ
trois ans, l'article suivant, qui fit beaucoup
de sensation sur toutes les côtes du pays de
Galles.

« CARNARVON. — Les habitans de cette
ville, du haut des montagnes qui bordent
la côte, furent témoins hier d'un spectacle
aussi imposant que douloureux. Le bâtiment à vapeur, *l'Alcyon*, parti de l'île de
de Wight, et frêté pour la côte septen-

I.

trionale du pays de Galles, étant au milieu
du canal Saint-George, dans un instant
où pas un souffle de vent ne ridoit la surface de la mer, entra tout à coup dans
notre baie. A peine avoit-il doublé le cap
d'Harlegh, qu'on vit s'en élever une colonne d'épaisse fumée, et à l'instant même
on entendit une détonation épouvantable,
dont le bruit, répété par les échos de toutes
les montagnes, apprit que le feu avoit pris
aux poudres, et que le navire avoit sauté
en l'air. Des barques se rendirent à l'instant
sur le théâtre de cette fatale catastrophe,
mais elles n'y trouvèrent que des débris
flottant sur l'eau, et le commencement
d'un ouragan les força à se rapprocher du
rivage. De tout l'équipage et de soixante
passagers, la plupart Anglais revenant de
France, pas un seul n'a été sauvé. On dit
qu'un criminel, souillé des crimes les plus
atroces, étoit à bord de ce bâtiment. On
attend, avec la plus vive inquiétude, des
détails sur cet événement funeste. »

Au grand chagrin de plusieurs nobles familles d'Angleterre, cette nouvelle ne se trouva que trop vraie dans ses plus affreuses circonstances. Quelques jours après, on trouva sur les rochers le corps de lord W...., et celui de sir O...., tous deux si défigurés, que ce ne fut qu'avec peine qu'on put les reconnoître.

Un jeune homme qui sembloit regarder les côtes éloignées du pays de Galles avec une vive émotion étoit sur le pont de *l'Alcyon* à l'instant où ce malheur arriva. Il fut tiré de sa rêverie par un bruit soudain que fit le navire en virant. La beauté de la soirée avoit attiré sur le tillac tous les autres passagers, et ses yeux, comme les leurs, se dirigèrent vers le marin qui tenoit le gouvernail. Il étendoit les bras vers le centre du navire, d'où l'on voyoit sortir une épaisse fumée qui s'élevoit perpendiculairement vers les nuages. Les passagers pâlirent; tous les marins s'écrièrent: —Tout est dit! Nous allons boire à la grande tasse!

— Eh bien, ajoutèrent quelques autres, *Huzza!* Puisqu'il faut mourir, passons gaiement le peu d'instans qui nous restent! Au milieu d'un tumulte épouvantable, ils descendirent à fond de cale, en rapportèrent quelques barils d'eau-de-vie qu'ils défoncèrent, et se mirent à boire sans faire attention au désespoir des passagers qui s'écrioient : — Au secours! Au secours! — Au secours? répétoient-ils avec dérision, il n'y en a point à espérer; nous serons tous avalés par les poissons; avalons donc quelques gouttes de consolations, pendant que nous le pouvons.

Le capitaine du navire, qui conservoit le plus de présence d'esprit, coupa avec son sabre les cordes qui tenoient suspendues une petite chaloupe. Bertram, le jeune homme dont nous avons déjà parlé, s'étoit préparé à la catastrophe inévitable qui ne pouvoit tarder en attachant sur ses épaules un très-petit portemanteau, et il se disposoit à sauter dans la chaloupe dès quelle seroit en mer, quand le capitaine, qu'il gênoit dans ses opérations, le trouvant sur son chemin, le poussa si rudement qu'il tomba dans l'eau. Tout cela fut l'affaire d'une minute.

A peine une vague avoit-elle entraîné le jeune homme à quelque distance, que le bâtiment sauta en l'air avec un bruit épouvantable, et les débris en furent jetés à une hauteur prodigieuse. Le bruit de cette explosion étourdit un instant Bertram, mais il luttoit pour sa vie, et quand il chercha des yeux le navire, il n'en vit plus que quelques planches qui flottoient dispersées sur les vagues.

Un péril pressant nous fait déployer toutes nos forces. Le danger qu'il couroit en ce moment fit oublier à Bertram toutes les réflexions gaies ou tristes, consolantes ou pénibles qui l'occupoient quelques instans auparavant, et il ne songea plus qu'à mettre en œuvre toute sa vigueur pour gagner à la nage un gros tonneau qu'il voyoit à peu

de distance tantôt s'élever sur le sommet
d'une vague, et tantôt disparoître derrière
celles qui arrivoient ensuite.

A l'instant où les forces alloient lui manquer, il réussit à atteindre le tonneau, mais
à peine en avoit-il saisi des deux mains le
bord qui s'élevoit au-dessus de l'eau, qu'il
le sentit tirer en sens inverse. Un individu,
dont les cheveux mouillés couvroient le
visage, venoit de s'y accrocher de l'autre
côté, comme si ses doigts eussent été armés des serres d'un vautour. Il avoit réussi
à les passer sous un des cerceaux, et à la
tension de son bras nerveux on auroit dit
qu'il vouloit en percer les douves. Il savoit
qu'il avoit un compétiteur, et il secoua la
tête, d'un air égaré, pour écarter les cheveux qui lui couvroient les yeux. Il ouvrit la bouche, et dit en grinçant les
dents:

— Quand tu serois le diable, il faut que
tu ailles au fond de la mer, car ce tonneau
ne peut nous porter tous deux.

En parlant ainsi, il secoua le tonneau avec une telle force, que, si le désir naturel de la vie n'eût doublé celle de Bertram, il auroit été obligé de lâcher prise. Chacun d'eux tirant à soi le tonneau, ni l'un ni l'autre ne purent réussir à y monter. S'en disputer la possession exclusive par des voies de fait plus directes, c'eût été risquer de se noyer tous deux. Ils conclurent donc un armistice, et convinrent d'y rester accrochés chacun de leur côté. Ils poussèrent alors de grands cris pour appeler du secours, mais ce fut inutilement, car l'ouragan commençoit à mugir, et, quand même il y auroit eu à quelque distance une barque ou un navire, on n'auroit pu les entendre. Le ciel s'étoit couvert, le tonnerre grondoit, et les vagues, tranquilles au moment de l'explosion, étoient devenues des montagnes chargées d'écume.

— Tout est inutile, s'écria l'antagoniste de Bertram, le ciel et la mer se déclarent contre nous. Il faut que l'un de nous périsse, ou que nous périssions tous deux.

En prononçant ces mots, il lâcha tout à coup le tonneau qui fit un mouvement auquel Bertram ne s'attendoit pas, et qui le mit hors de garde. Son ennemi profita du moment, lui sauta à la gorge, et l'entraîna avec lui sous l'eau, dans le dessein de l'y étouffer. Heureusement il n'avoit saisi que sa cravatte, le nœud s'en dénoua, et Bertram, revenant sur l'eau, saisit à son tour l'instant favorable et monta sur le tonneau. Son adversaire reparut bientôt, et se disposoit à lui en disputer de nouveau la possession; mais Bertram, se tenant en garde contre ses intentions meurtrières, ne le vit pas plus tôt approcher, qu'il lui donna dans l'estomac un coup de pied si terrible, que son antagoniste cessa tout effort pour se soutenir sur l'eau; il poussa un long gémissement et fut englouti par les vagues.

Dans ces momens affreux où il s'agit de la vie, les lois humaines n'ont plus d'em-

pire sur nous ; celui des lois divines est
même suspendu ; nous n'écoutons plus que
celles de la nature qui prescrivent à tout
être d'assurer sa conservation. Mais, pour
peu que le danger devienne moins presssant,
pour peu qu'on entrevoie seulement la possi-
bilité d'y échapper, la voix de la conscience
se fait entendre ; la morale et la religion
reprennent leur pouvoir, et l'on ne songe
plus exclusivement à soi. Bertram, en ce
moment, sentoit ses forces physiques et
intellectuelles s'anéantir ; il étoit enseveli
dans une obscurité profonde, et la lueur
des éclairs ne la dissipoit un instant que
pour lui faire sentir l'horreur de sa situation, en lui montrant qu'il n'avoit autour de
lui que le ciel et la mer. Et cependant,
ses bras qu'il avoit fatigués en nageant ne
se furent pas plus tôt reposés quelques minutes, qu'il éprouva le plus cruel regret en
songeant que la nécessité d'une juste défense l'avoit forcé à donner la mort à un
de ses semblables.

Pendant qu'il faisoit cette réflexion, il entendit un gémissement à peu de distance de lui, et la clarté que répandit un éclair lui fit apercevoir son antagoniste qui luttoit encore contre les flots. En revenant sur l'eau, il avoit heureusement trouvé une planche, trop foible à la vérité pour le soutenir, mais qui du moins pouvoit l'aider à nager. Ses forces étoient évidemment épuisées, et fixant les yeux sur son ennemi plus fortuné, il s'écria :

— Etranger, accordez-moi un peu de pitié! Tout est fini pour moi, ou tout le sera dans quelques instans; si votre sort est plus heureux, prenez dans mon portefeuille une lettre que vous y trouverez, et remettez-la à une dame dont vous verrez le nom sur l'adresse. —Ne me refusez pas, si jamais vous avez aimé; et dites-lui que jamais je n'ai cessé de penser à elle; que je m'en suis occupé jusqu'à mon dernier soupir, et que, quelle qu'ait pu être ma conduite envers les hommes, je lui ai été fidèle jusqu'au trépas.

A ces mots, il fit des efforts pour prendre un porte-feuille placé dans la poche intérieure d'un gilet de dessous, mais il ne put y réussir, et son désespoir parut en redoubler. Pendant qu'il achevoit de s'épuiser en cherchant à y parvenir, Bertram ne put s'empêcher d'être touché en voyant la pâleur de la mort qui commençoit à se répandre sur le visage de cet homme, quoique ses traits annonçassent un être abandonné au désordre de toutes les passions.

— L'ami, lui dit-il, si je suis plus heureux que vous, j'exécuterai votre commission. Mais à présent que je me suis reposé, je me sens en état de nager encore. Prenez ma place sur ce tonneau, je me remettrai à la nage; vous me la rendrez quand je me trouverai fatigué, et en nageant ainsi tour à tour, il est possible que nous nous sauvions tous deux.

— Quoi ! s'écria l'inconnu, avez-vous perdu la tête, ou se trouve-t-il sur la terre

des hommes comme on en voit dans les
livres ?

— Ne vous en inquiétez pas, répondit
Bertram ; approchez-vous, prenez ma main,
et montez sur le tonneau ; je m'y replace-
rai quand je serai trop fatigué.

L'inconnu saisit la main que Bertram
lui présentoit, mais il étoit si épuisé que ce
ne fut pas sans peine qu'il put monter sur
le tonneau. Bertram le chargea du soin de
son portemanteau, et se remit à la nage.

Cependant le tonnerre continuoit à gronder, et la tempête redoubloit l'obscurité
naturelle de la nuit. Quelques minutes se
passèrent dans le silence ; et ce fut celui
qui étoit en possession du tonneau, qui le
rompit le premier.

— Eh bien, fou que vous êtes, êtes-vous
encore de ce monde ?

— Oui, mais je commence à m'affoi-
blir, et je voudrois remonter sur le tonneau à mon tour.

— Un moment, un moment ! Connois-sez-vous la mer où nous sommes ?

— Non. *L'Alcyon* est le premier na-vire sur lequel j'aie jamais monté.

— Ah, vous ne la connoissez pas ! Eh bien, je la connois moi, et je vous dis qu'il est inutile de lutter plus long-temps contre notre destin, et de nous fatiguer inutile-ment pour échapper à une mort inévitable. Je connois cette mer aussi bien que mon propre pays, et je sais qu'il n'y a pas de salut pour nous. Il n'y a pas, sur toute cette côte, un seul point où nous puissions aborder ; pas un rocher n'élève sur la surface des eaux une pointe suffisante pour qu'une mouette puisse s'y percher. La seule question est de savoir si les poissons nous avaleront avant ou après notre mort.

— Il est possible que quelque homme bienfaisant vienne à notre secours.

— Quelque homme bienfaisant ! Il faut que votre expérience soit encore bien verte ; malheureusement elle n'aura pas le temps de mûrir. Vous ne brillez point par la connoissance de l'homme. Je connois cet animal, moi, et je vous garantis que, par une nuit semblable, personne ne se hasardera à se mettre en mer. Et quel homme de bon sens voudroit risquer sa vie pour sauver deux misérables comme vous et moi? Supposez même que quelqu'un fût assez fou pour le faire, qui sait si nous ne serions pas plus heureux de tomber au fond de la mer, qu'entre les mains de certains hommes de bon sens? Cependant je connois encore une ressource, et elle en vaut bien une autre.

— Quelle est-elle?

— Elle est toute simple. Renonçons à un fol espoir. Le tonneau sur lequel je suis renfermé du rum ou de l'eau-de-vie, et l'un vaut l'autre. Rien de plus facile que d'y faire un trou: buvons-en jusqu'à perdre connoissance, et alors, nous serrant dans les bras comme deux frères, nous coulerons à fond tout doucement; après cela, nous n'aurons plus d'inquiétudes, et nous n'en donnerons à personne; car, une fois bien lestés, nous ne reviendrons pas sur l'eau.

— Y pensez-vous? ce seroit un suicide !

— Ah! votre conscience est donc bien délicate, bien scrupuleuse? Eh bien, comme il vous plaira. Quant à moi, puisque vous le préférez, je veux bien attendre la gueule du poisson. Allons, venez, je vais nager à mon tour, et nous continuerons ainsi tant que nous le pourrons.

Ils changèrent de place; mais les forces de Bertram étoient tellement épuisées, qu'il ne les recouvra pas, même quand il se trouva sur le tonneau. Se sentant prêt à tomber en défaillance, il s'y accrocha le plus fortement qu'il le put, et il y étoit si fermement attaché que, malgré son état de foiblesse, il ne lâcha pas prise, même quand il étoit précipité du haut des vagues dans l'abîme qui s'entr'ouvroit pour le recevoir. Mais le ciel n'est pas sans pitié,

même quand il frappe ses coups les plus ter-
ribles, et quand il a accumulé sur l'homme
plus de maux qu'il ne lui est possible
d'en supporter, la nature le soulage en lui
accordant le bienfait momentané de l'in-
sensibilité. Il est vrai qu'en reprenant ses
sens, il renaît aux horreurs qu'il a oubliées
quelques instans, mais son cœur a acquis
de nouvelles forces pour les souffrir.

Ce fut ce qui arriva à Bertram. La tempête devenoit de plus en plus effrayante;
ses forces l'abandonnoient de plus en plus;
et enfin, au milieu d'une prière mentale,
il perdit entièrement connoissance.

Lorsque Bertram sortit de cette espèce
de léthargie, il n'entendit plus la mer en
courroux; il ne se sentit plus soulever par
ses vagues écumantes. Il étoit encore dans
les ténèbres, mais ces ténèbres n'étoient
pas celles qui sont produites par les élémens
en fureur. La première chose qui frappa
ses yeux, ce fut l'intérieur d'une misérable
cabane dans laquelle il se trouvoit. Pendant

quelque temps il ne put s'expliquer bien
clairement où il étoit, et il resta les yeux
fixés sur les solives du plafond, auxquelles
étoient suspendus des poissons secs, et
quelques tabliers en lambeaux qui sé--
choient, et qu'un courant d'air agitoit. Ce
mouvement monotone, qui, en toute autre
occasion, auroit contribué à l'endormir
comme le son uniforme du balancier d'une
pendule, lui rendit peu-à-peu au contraire
toute sa connoissance. Les dangers ef-
frayans auxquels il venoit d'être exposé se
présentèrent à son imagination en contraste
soudain avec ce beau moment, où, placé
sur le pont de l'*Alcyon*, il avoit vu, pour
la première fois, les rayons du soleil tomber sur les côtes élevées du pays de Galles.
Ses idées devinrent insensiblement plus
suivies, quoiqu'il ne pût établir aucune
liaison entre le tonneau qui l'avoit soutenu
pendant la tempête, et le misérable gra-
bat sur lequel il étoit couché, entre les
vagues soulevées par l'ouragan et les ha-

1*

rengs et les guenilles qui s'agitoient devant
ses yeux. Ces idées disparurent tout à
coup, pour faire place aux inquiétudes
qu'il éprouvoit relativement à son portemanteau ; mais, à sa grande satisfaction, il
reconnut qu'il lui servoit d'oreiller. Tran-
quillisé sur ce point, il dirigea son attention sur d'autres objets.

La chaumière dans laquelle il se trouvoit étoit une de ces misérables habitations
qu'on ne voit dans la Grande-Bretagne que
sur les côtes des montagnes d'Ecosse, et
ceux qui y demeurent n'ont en général
d'autres moyens d'existence que de recueillir les coquillages et les petits poissons
que la marée laisse sur le sable en se retirant. Elle étoit construite en grosses branches de pins jointes ensemble par un ci-
ment composé d'argile, de tourbe, d'herbes
marines, de coquilles de moules et de
gravier. D'autres grosses branches formoient les solives du plafond, mais elles
n'étoient ni équarries ni jointes ensemble,

et comme elles n'étoient couvertes que de joncs et de mousse, rien n'empêchoit la vue de pénétrer au travers du toit, qui ouvroit un passage facile à la pluie et au vent.

La seule clarté qu'on aperçût dans cette cabane, quand l'œil s'étoit familiarisé avec l'obscurité, étoit produite par le feu qui brûloit dans un coin. Mais ce feu étoit nourri si économiquement qu'on ne voyoit briller la flamme que lorsqu'une bouffée de vent venoit le ranimer, ce qui, à la vérité, arrivoit assez fréquemment. La fumée se répandoit en noirs tourbillons dans toute la chambre, y redoubloit les ténèbres, et s'échappoit enfin moins par la cheminée que par les fentes et les crevasses du toit et des murailles. Le silence le plus parfait régnoit dans la chambre, et Bertram croyoit y être seul; mais, le feu y ayant répandu quelques instans une lumière plus vive, il aperçut une vieille femme dont tous les traits étoient fortement prononcés, et dont les grands yeux noirs étoient fixés sur une

marmite suspendue au-dessus du feu. Elle
suivoit des yeux les vapeurs qui en sortoient, et un sourire de satisfaction se pei-
gnoit sur ses lèvres flétries, quand elles se
réunissoient dans un coin; mais si elles se
dispersoient de côté et d'autre, et s'éva-
nouissoient promptement, on l'entendoit
murmurer indistinctement à voix basse, et
même pousser des gémissemens. Bertram
remarqua qu'elle avoit un rouet devant
elle; mais, quoique ses mains parussent
très-activement occupées, ce n'étoit qu'un
mouvement purement machinal, et il étoit
évident qu'elle ne faisoit que bien peu d'ouvrage, si toutefois elle en faisoit aucun.
Elle chantoit par intervalles, mais ce chant
étoit un murmure de fantaisie plutôt qu'un
air régulier; du moins Bertram n'en com-
prit pas un seul mot, si les sons qu'elle
prononçoit formoient des mots.

Après un de ces momens de chant, la
vieille se leva tout à coup, se tordit les
mains, sembla tracer en l'air d'étranges

cercles, et jeta dans le feu quelque sub-
stance qui produisit une flamme vive dont
le chaudron fut enveloppé, et qui, après
avoir brillé quelques instans, disparut tout
à coup en s'élevant dans la cheminée, et
fit paroître encore plus grande l'obscurité
qui y succéda.

Pendant ce court intervalle de clarté,
Bertram eut le temps de considérer cette
femme avec plus d'attention. Elle avoit la
stature d'un homme de grande taille,
mais elle étoit si maigre et si déchar-
née, que les vêtemens qu'elle portoit
sembloient comme suspendus à un portemanteau. Les os saillans sous sa peau,
ses yeux bordés de rouge, et ses cheveux
gris, tombant en désordre, n'empêchèrent
pas Bertram de remarquer en elle des traces
d'ancienne beauté. Elle leva les bras en l'air
dans une attitude de supplication, en diri-
geant ses regards du côté da la chambre où
il étoit couché, mais il vit parfaitement
qu'ils ne s'adressoient pas à lui; ils sem-

bloient se fixer sur quelque objet placé à peu de distance de son lit. Il porta les yeux du même côté, et ce ne fut pas sans quelque alarme qu'il aperçut à deux pas de lui, sur une chaise, la seule qui existât dans l'appartement, quelque chose qu'il prit pour un homme dans un état d'immobilité complète. La vieille continuoit à étendre les bras vers lui, comme si elle en eût attendu quelque signe, et n'en recevant aucun, elle frappa violemment ses mains l'une contre l'autre, renversa son rouet dans un transport de rage, et se laissa retomber sur son escabelle.

Si Bertram avoit éprouvé d'abord quelque compassion en voyant sur la physionomie de cette femme l'expression du chagrin et l'angoisse de l'attente, ce sentiment fut bientôt mis en fuite par le transport de rage auquel elle se livra. Il en fut si consterné, qu'il résolut de tâcher de sortir de la chaumière sans être aperçu, et il espéra que, lorsqu'il se trouveroit en toute liberté

et en plein air, il retrouveroit l'entier usage
de ses sens. Il chercha à se soulever dans
cette intention, mais sa consternation aug-
menta bien davantage en voyant que sa
foiblesse étoit telle, qu'il ne pouvoit remuer
ni bras ni jambes. Il ne pouvoit même
tourner la tête qu'avec difficulté, et il lui
sembloit que de toutes ses facultés il n'avoit
conservé que celle de la vue, encore ne
servoit-elle qu'à le tourmenter en le ren-
dant témoin d'une pareille scène. Pour
sortir de la situation dans laquelle il se
trouvoit, il auroit presque consenti à se
voir encore exposé à la fureur des élémens.
Il chercha à s'endormir, mais ce fut inutilement. Enfin, après un intervalle de deux
heures, qui lui parurent deux siècles, il
entendit frapper à la porte.

CHAPITRE II.

TITUS.   « Ne crains rien , Lucius ; elle a quelque projet,
         Ne peux-tu deviner quel en seroit l'objet ?
LUCIUS. Non , si pourtant ce n'est un accès de folie,
         Car tout ce qu'elle fait tient de la frénésie.
         Je n'ai pas oublié que mon aïeul m'a dit
         Que l'excès du chagrin peut égarer l'esprit. »

                              TITUS ANDRONICUS.

ON continuoit à frapper, et de plus
en plus fort; mais la vieille femme ne répondit pas un seul mot et ne se leva pas
pour aller ouvrir; au contraire, elle se
mit à filer avec plus d'ardeur qu'elle n'en
avoit montré jusqu'alors. Enfin, celui qui
frappoit employa quelque moyen qu'il
connoissoit sans doute pour ouvrir la porte
du dehors, et un homme entra dans la
chaumière. La vieille ne détourna seule-

ment pas la tête pour le regarder, et ayant jeté par terre une brassée de débris de bois que la mer avoit jetés sur la côte, il entama la conversation ainsi qu'il suit :

— Eh bien, ma mère, qu'y a-t-il donc? Pourquoi m'avez-vous fait attendre si long-temps?

— Attendre! répéta la vieille sans lever les yeux de dessus son rouet; quel grand malheur que tu attendes!! Crois-tu que je sois la servante du premier venu à qui il plaît de frapper?

—A la bonne heure; mais par un si mauvais temps, par une pareille gelée.....

— La gelée! n'y en a-t-il pas un qui valoit mieux que toi, que j'aimois mieux que toi, qui est gelé dans sa tombe?

— Paix, ma mère, paix! voilà une bonne brassée de bois que j'ai ramassé sur le rivage.

—Cela, du bois! de vieux bouts de planches brisées, de misérables débris de ce qui

I. 2.

fut admirable autrefois ; on ne voit que cela dans le monde.

— C'est assez vrai, ma mère; mais tout misérables que sont ces débris, plus d'un brave garçon, n'ayant que des haillons sur le dos, seroit charmé de les faire servir à se chauffer.

—Il y a quelqu'un qui est dans sa tombe qui ne se chauffera plus.

Et la vieille femme se remit à chanter en murmurant quelques sons inintelligibles.

— Allons, voilà encore la corneille qui croasse ! dit le jeune homme en se parlant à lui-même; et, s'avançant vers le feu, il dit : -Ma mère, vous ne songez à rien ; vous ne vous inquiétez d'aucun de nous, et un de ces jours vous ferez une chose ou une autre qui fera tomber sur nous les rats de la police, et nous figurerons tous autour d'un arbre comme les poires suspendues aux branches d'un poirier.

— Eh bien, allez, bon voyage ! je vous accompagnerai. Vous, tous tant que vous êtes, vous ne valez pas un cheveu de celui que j'ai connu. Et quand le jour viendra où ceux dont vous parlez frapperont à la porte, et je sais que cela arrivera un de ces jours, et que vous serez tous ici trem-blans et en silence, et que le plus fier de vous se jettera à mes pieds, alors j'aurai mon tour à rire, je leur ouvrirai la porte, et je leur dirai : -Les voilà !

Le jeune homme murmura quelques mots, ôta le chaudron du feu, y mit quel-ques brins de fagot, avec une partie du bois qu'il venoit d'apporter, et il en jaillit une flamme qui éclaira toute la cabane.

—Bien ! dit la vieille, fais un feu de joie ; c'est un bon moyen pour attirer ici les constables.

— Ma foi, dit le jeune homme avec un air d'insouciance, autant vaut être pendu que gelé. Mais, ma mère, où est le breu-vage que vous avez dû préparer pour ce pauvre diable, quand il s'éveillera?

— Quoi ! s'écria la vieille avec em or-

tement, voulez-vous que je me mette à
genoux devant son lit pour le soigner
comme si c'étoit mon fils ! Hélas ! je me
souviens du jour où ils ont tous ri à mes
dépens, quand je pleurois quelqu'un qui
n'étoit pas un étranger. Mais Dieu m'est
témoin que cela n'arrivera plus ; c'est moi
qui rirai à présent.

— Mais Nicolas, ma mère ; c'est Nicolas
qui nous a donné ordre de prendre soin
de cet étranger. Nous en répondons sur
notre âme.

— Nicolas ! ah, oui le brave Nicolas !
et il en répond aussi sur son âme sans
doute. Le diable l'a déjà tenu par le cou ;
il lui a fait grâce pour cette fois ; mais il
n'a pas renoncé à lui pour cela. La corde
est filée, et il n'y aura pas de ciseaux en
état de la couper.

Sans écouter ce que disoit la vieille, le
jeune homme versa de l'eau dans une
bouilloire, la mit sur le feu ; et, secouant
le bras de sa mère, comme pour s'en faire

écouter avec plus d'attention, il lui dit d'un ton fort sérieux :

— Ma mère, préparez la potion du marin. Prenez du thym, du lierre terrestre, du poivre, du gingembre, du miel, de l'eau-de-vie, et tous les ingrédiens que vous savez être nécessaires ; en un mot, apprêtez-la comme vous le faites pour les marins qui ont fait naufrage ; donnez-lui-en toutes les heures, et songez bien que la vie de la mère Gillie répond de la sienne.

— Oui, oui, du poivre, du gingembre, du thym, dit la vieille en grommelant entre ses dents ; et, comme un enfant qui obéit par crainte du châtiment dont on l'a menacé, elle se mit à l'ouvrage.

Le jeune homme s'approcha du lit, et mettant la main sur Bertram : — Le pauvre diable ne rouvrira jamais les yeux, dit-il, la mer l'a traité trop rudement ; mais n'importe, quand il seroit déjà mort, il faut préparer la potion, car Nicolas l'a

ordonné. — Adieu, ma mère, que Dieu
vous protége! Et une autre fois quand un
chrétien, ou quelqu'un de nous, frappera
à la porte par une nuit d'hiver, donnez-
vous la peine de l'ouvrir ; et, s'il arrive qu'il
ait froid ou soif, allumez-lui du feu, don-
nez-lui un verre d'eau-de-vie, et songez de
temps en temps que les hommes sont faits
de chair et d'os.

— Et où vas-tu, Tom? voir Grâce, sans
doute, la drôlesse qui t'a fait tourner la tête,
qui t'éloigne de tous tes parens?

— Non, il faut que j'aille au château,
car sir Morgan doit chasser ce matin.

— Ah! ce sir Morgan! ce sir Morgan!
il te cajole, Tom ; et c'est pour le servir
que tu abandonnes ta vieille mère. Lui, la
jeune dame et cette Grâce te font con-
struire des châteaux, mais la malédiction
d'une mère les fera écrouler.

— Ma mère, le baronnet est mon ami.
Son père a donné au mien le champ à orge
près du rivage. Son grand père a sauvé les

jours du mien dans le Canada. Les Wal-
ladmors ont toujours été de bons maîtres,
et nous avons toujours été leurs fidèles ser-
viteurs. Que les chapeaux blancs disent ce
qu'ils voudront, ceux que les gens de qualité appellent radicaux, mon opinion est
que nous devons rester attachés à nos anciens maîtres; et c'est ce qu'il y a de mieux
pour eux et pour nous.

— Va donc, retourne à ta barque,
cœur de poule mouillée! Les serpens marins lèveront leur tête au-dessus de l'eau
pour saisir celui qui n'honore pas ses parens, et qui oublie son frère.

Tom se retira sans montrer le moindre
mécontentement de la mauvaise humeur
de sa mère; et elle commença à s'occuper
sérieusement à préparer la potion destinée à
l'étranger. Pendant ce temps Bertram étoit
revenu entièrement à lui, et d'après la conversation qui venoit d'avoir lieu entre la
mère et le fils, et dont il avoit entendu la
plus grande partie, il avoit tiré des conclu-

sions qui tendoient à redoubler l'inquiétude
que lui causoit la foiblesse de ses jambes.
D'après l'insouciance que montroit cette
femme, relativement à la situation où il
se trouvoit, il prévoyoit qu'elle pourroit
prendre son état de torpeur pour un
anéantissement total, et il frémissoit en
songeant aux suites que pourroit avoir une
telle méprise. Il se trompoit pourtant, car
elle suivit à la lettre toutes les instructions
de son fils.

A mesure que ses préparatifs avançoient, une odeur agréable se répandoit
dans toute la chambre, et lorsqu'ils furent
terminés, elle s'approcha de Bertram, et lui
frotta la poitrine avec le liquide qu'elle
venoit d'apprêter. Il en éprouva presque
sur-le-champ les heureux effets : les
muscles de sa physionomie se relâchèrent;
il respira plus librement ; ses lèvres purent
s'entr'ouvrir, et son hôtesse lui fit avaler
quelques cuillerées de la même liqueur.
L'enveloppant alors dans ses couvertures,

elle l'enleva avec une force qui sembloit appartenir à un géant plutôt qu'à une vieille femme, et le déposa par terre devant le feu. La chaleur, l'effet du cordial qu'il venoit de prendre, l'épuisement et l'agitation, tout concourut à lui procurer un profond sommeil. Il s'endormit, comme un enfant bercé par sa nourrice, au son du chant de la vieille femme, qui continuoit à chanter quelques mots inintelligibles, accompagnés du bruit de son rouet, sons qui se répétèrent dans les rêves de Bertram, long-temps après qu'il se fut assoupi, quoiqu'ils eussent perdu le pouvoir de l'alarmer.

Lorsqu'il s'éveilla, après avoir parfaitement dormi quelques heures, il se trouva en possession complète de toutes ses facultés intellectuelles, et ce qui lui causa encore plus de satisfaction, ce fut qu'il s'aperçut qu'il avoit recouvré l'usage de ses membres. Il se débarrassa de ses couvertures, se leva, et éprouva une sensation inexpri-

mable de plaisir en voyant qu'il pouvoit ,
sans aucune gêne, étendre les bras, et remuer les pieds. Quelques charbons, brû-
lant encore dans le foyer, ne répandoient
dans la chambre qu'une foible lueur rou-
geâtre. Il ne s'y trouvoit aucune fenêtre,
mais la clarté qu'on commençoit à apercevoir à travers les crevasses des murs et les
fentes du toit lui apprit que le jour ne
tarderoit pas à paroître. Cependant cette
clarté naissante ne donnoit pas un aspect
plus riant à l'intérieur d'une habitation qui
sembloit construite de manière à en exclure
le jour, comme pour y célébrer des mys-
tères qui exigeoient les ténèbres. La lueur du
feu, avant qu'il s'endormît, lui donnoit
même à ses yeux un air moins misérable, ou
du moins plus pittoresque. Portant ses regards autour de lui, il vit la vieille femme
endormie. Il s'approcha d'elle et lui toucha
le bras sans l'éveiller. Cependant elle continuoit, même en dormant, à murmurer de
temps en temps son chant bizarre et sauvage.

Une sorte d'instinct le convainquit qu'il étoit prisonnier dans cette cabane ; il pensa que ce qu'il pouvoit faire de mieux étoit de profiter de cet instant pour s'évader , et il résolut de mettre sur-le-champ ce projet à exécution. Sans perdre un instant, il attacha son portemanteau sur ses épaules, s'avança vers la porte, l'ouvrit sans faire de bruit, sortit avec précaution, et la ferma ensuite. Mais dès qu'il fut dehors, il se trouva dans un nouvel embarras. Devant lui et des deux côtés de la chaumière s'élevoient des rochers escarpés qu'il étoit impossible de gravir, de sorte qu'il se trouvoit comme au fond d'un puits.

Jetant les yeux de toutes parts, il découvrit dans un coin une vieille échelle dont il se servit pour monter sur le toit de la maison, et il le trouva couvert par les branches des ronces, des genêts épineux, et de diverses plantes parasites qui croissoient sur les bords, et qui s'entrelacoient. La maison étoit appuyée par derrière sur

une montagne dont la pente étoit beaucoup moins rapide, et qui n'étoit pas très-
difficile à gravir. S'étant tiré des épines et
des broussailles, il avança de ce côté,
mais, après avoir fait quelques pas, s'étant
retourné, il ne lui fut plus possible de reconnoître le toit de la chaumière qu'il venoit de quitter. Placée dans une fente de
roches, le toit en étoit couvert de mousses,
de liserons et d'autres plantes, et ombragé
par les branches entrelacées de divers ar-
bustes, de sorte qu'il étoit si parfaitement
en harmonie avec tout ce qui l'entouroit,
qu'il eût été impossible de soupçonner qu'il
couvroit une habitation humaine. La neige
qui étoit tombée pendant la nuit achevoit
en ce moment de la rendre invisible ; pendant l'été un bouquet de cerisiers sauvages
dont on avoit eu soin de redoubler l'épais-
seur en y plantant des ronces, des épines,
des orties et d'autres plantes grimpantes,
arrêtoit l'œil trop curieux et ôtoit l'envie
d'y pénétrer.

Il fut obligé de faire le tour de cette barrière élevée par la nature et fortifiée par l'art, et se trouva récompensé de ses peines en voyant l'océan à peu de distance devant lui. Il étoit alors sur le sommet de la montagne, et la pluie de la veille, la neige qui étoit tombée, les nombreux ruisseaux qui en descendoient, et dont quelques-uns étoient débordés, en rendoient la pente si glissante, qu'il étoit obligé à chaque pas de s'accrocher aux branches des buissons pour ne pas tomber, et même de marcher diagonalement, ce qui retardoit considérablement sa marche. La mer étoit encore agitée. Le vent poussoit les nuages du côté de l'occident; et à l'orient, le soleil se levoit, non avec une majesté resplendissante, mais comme cherchant à sortir d'une mer de sang, et placé sur un trône de nuages grisâtres, qui se paroient des couleurs qu'ils empruntoient aux rayons de cet astre.

—Quand le soleil est rouge à son lever,

pensa Bertram, c'est signe de tempête.
N'en ai-je donc pas essuyé assez pendant
ma courte vie? Il jeta les yeux sur la
mer, et vit les vagues encore chargées
de débris de mats, de planches, de voiles
et de cordages. Elles jetoient quelques
objets sur la côte, en brisoient d'autres
contre les rochers et entraînoient le reste
avec elles en se retirant.

—N'est-il pas bien étrange, se dit-il
encore, que ce qui a pu échapper à la
fureur des flots, après une lutte longue et
pénible, reste inutile sur les sables, soit
détruit par un choc terrible, ou soit re-
porté de nouveau sur le théâtre de ses
premières souffrances! N'est-ce pas l'i-
mage frappante de mon propre destin?
Quel désir mystérieux me poussoit vers
l'Angleterre? J'ai surmonté toutes les difficultés qui m'entouroient sur le continent,
et pour quoi? pour avoir à lutter pour
sauver mes jours dès que j'en ai aperçu
les côtes; pour éprouver les effets bar-

bares que produit sur la nature humaine
la vue prochaine de la mort, peut-être
pour me trouver bientôt exposé à de nouveaux périls.

L'épuisement qu'il avoit éprouvé fit
qu'il se sentit bientôt fatigué, et il s'assit
sur une grosse pierre pour se reposer quelques instans. Il considéra de nouveau la
surface de la mer, jeta les yeux autour de
lui; mais quelle fut sa consternation, en
voyant à quelques pas sa formidable hôtesse!

Elle étoit alors sur la pointe d'un rocher,
ce qui sembloit encore ajouter à sa taille
extraordinaire; elle avoit le dos tourné au
soleil, et elle en cachoit le disque à Bertram. Ses longs cheveux blancs flottoient au
gré du vent, de même que la mante rouge
jetée sur ses épaules. Ses yeux courroucés
lançoient des éclairs, et un de ses bras décharnés mais nerveux étoit étendu vers le
transfuge. Au total elle avoit un air sauvage et presque surnaturel, et Bertram, en

l'apercevant, frémit comme s'il avoit vu
le malin esprit. La vieille femme, que suivoit un grand chien-loup, lui dit alors d'un
ton d'autorité :

— Je reconnois la vérité du vieux pro-
verbe :—Sauvez celui qui se noie, et il
se changera en aspic pour vous piquer.
Mais j'ai assez de pouvoir pour punir un
ingrat et un traître : levez-vous, et sui-
vez-moi dans la maison d'où vous sortez.

Bertram étoit trop foible pour résister à
cette Virago et à son satellite ; d'ailleurs il
ne connoissoit pas les environs, et il n'auroit su où aller pour obtenir du secours,
car, aussi loin que sa vue avoit pu s'étendre,
il avoit inutilement cherché une habitation.
Ensuite il réfléchit qu'il lui avoit véritablement des obligations, et il ne vouloit pas
justifier le reproche d'ingratitude qu'elle lui
avoit fait. Il lui répondit donc qu'il étoit
disposé à la suivre , et, pour changer de conversation et satisfaire sa curiosité, il lui dit:

— Je vous dois beaucoup de remerciemens, bonne mère; mais je voudrois savoir à qui je dois rendre grâces de m'avoir tiré du sein des eaux. J'étois porté sur un tonneau, et à la merci des vagues, quand j'ai perdu connoissance; en revenant à moi, je me suis trouvé chez vous; à quel être compatissant en ai-je l'obligation ?

— Que vous importe ? quand vous le sauriez, vous n'en auriez pas un seul cheveu plus sec.

— Mais j'avois un compagnon d'infortune. A-t-il été sauvé avec moi, ou les vagues nous ont-elles séparés pour toujours?

— Ne vous en inquiétez pas; vous êtes sauvé, cette nouvelle suffit bien pour un jour. Si l'autre coquin est noyé, tant mieux pour lui, cela lui évitera la potence.

Et faisant un grand éclat de rire, elle chanta ce couplet d'une vieille chanson :

L'Océan est profond et la potence est haute ;
Mais on y peut dormir en paix ,
Et sans se réveiller jamais ,
Chacun de son côté, si ce n'est côte à côte.

2.*

Bertram fut reconduit dans la chaumière en suivant le même chemin par où il en étoit sorti ; et, voyant que Gillie ne vouloit répondre à aucune de ses questions, il s'étendit sur son lit, et ne songea plus qu'à se reposer de ses fatigues, dont sa dernière excursion avoit renouvelé le sentiment.

Il s'assoupit vers le milieu du jour, et il se réveilla au commencement de la soirée, en sentant quelqu'un lui presser doucement le bras. Il entr'ouvrit les yeux un instant et les referma aussitôt, ébloui par l'éclat d'une torche résineuse allumée, que son hôtesse tenoit à la main. Il crut que, dans la situation où il se trouvoit, il seroit plus prudent de feindre de continuer à dormir. Il resta donc les yeux fermés, entr'ouvrant seulement ses paupières de temps en temps, pour surveiller les mouvemens de la vieille.

Elle étoit agenouillée près de son lit, et, tenant la torche de la main gauche, elle s'étoit servie de la droite pour lever un coin

des couvertures et retrousser jusqu'au dessus du coude la manche de chemise de son
bras gauche, qu'elle examinoit avec la
plus grande attention, comme si elle y eût
cherché quelque marque ou quelque signe
naturel. Son attitude, son air et sa physionomie, sembloient en proie à une agitation
délirante ; ses yeux noirs brilloient d'un
feu sauvage, et sembloient vouloir sortir de
leurs orbites. Bertram remarqua même
qu'elle trembloit, circonstance qui n'étoit
nullement d'accord avec tout ce qu'il avoit
vu jusqu'alors de sa conduite, qui avoit
montré un degré de force et d'intrépidité
peu ordinaires à son âge et à son sexe.

Croyant toujours son hôte endormi, la
vieille voulut alors faire le même examen sur
le bras droit; et, comme il étoit placé sous
le corps du prétendu dormeur, elle chercha
à le dégager doucement, et, ne pouvant y
réussir, elle voulut tourner le jeune homme
sur l'autre côté. Mais Bertram, sans trop
savoir pourquoi, opposa à ce mouvement

toute la résistance qu'il pouvoit faire, sans montrer qu'il ne dormoit pas; et Gillie, qui probablement ne vouloit pas l'éveiller, fut obligée d'y renoncer.

Le mauvais succès de son projet parut augmenter l'espèce de délire qui la possédoit; elle s'avança au milieu de la chambre, fit brandir sa torche autour d'elle en décrivant différens cercles au-dessus de sa tête, et se mit à chanter dans une langue qui étoit inconnue à Bertram, d'abord d'un ton bas et solennel, mais qui s'éleva graduellement, et qui se termina par une espèce de cri sauvage. Elle avoit toujours les yeux fixés sur Bertram, comme pour voir quel effet produisoit sur lui un chant auquel elle attribuoit peut-être un pouvoir magique, et elle se préparoit à le répéter, quand le son de plusieurs voix se fit entendre à l'extérieur. Les pas de plusieurs hommes retentirent sur le toit de la chaumière; on rioit, on juroit, on chantoit, et au bout de quelques instans, on frappa à la porte, on appela, on cria et l'on frappa encore.

Pendant ce temps la vieille éteignit sa torche, remit en ordre les couvertures de Bertram, s'assit tranquillement devant son rouet, et, suivant ce qui paroissoit être sa coutume, ne fit aucune attention au bruit qu'on faisoit à la porte.

Cependant les tapageurs réussirent à entrer, en employant probablement les mêmes moyens dont le fils de Gillie s'étoit servi la nuit précédente. C'étoit une compagnie de cinq ou six hommes vigoureux, parmi lesquels, à en juger par leur mine, il ne s'en trouvoit pas un seul qu'un voyageur eût été charmé de rencontrer dans un lieu écarté. A leur extérieur et à leur costume, on pouvoit les prendre pour des marins. Leurs vêtemens consistoient en un gilet court et serré, de larges pantalons et des cravates de couleur négligemment nouées autour de leur cou, et dont les bouts leur descendoient sur la poitrine. Un chapeau

de pêcheur, à larges bords, étoit rabattu
sur leur front de manière à leur cacher
presque entièrement le visage. Tous étoient
armés de sabres, et quelques-uns avoient
des pistolets à leur ceinture. La couleur
de leurs vêtemens ne pouvoit faire deviner
leur pays, car ils étoient en général d'une
toile grossière, originairement grise, mais
changée par l'eau et le soleil, et souillée
de taches de toute espèce.

Bertram ne put découvrir parmi ces
hommes aucune marque de rang ou de
préséance. Ils passèrent devant lui l'un
après l'autre, et chacun, en passant, jeta
un regard curieux sur l'étranger en appa-
rence endormi. En s'approchant de la
vieille, ils se mirent à la gronder ; du moins
Bertram en jugea ainsi d'après leurs gestes,
leur ton et leur physionomie ; car ils par-
loient une langue qu'il ne connoissoit pas.
Mais celle à qui ils s'adressoient sembloit
accoutumée à un pareil accueil ; car elle ne
montra aucune émotion en leur répondant,

ne leur fit pas l'honneur de lever les yeux
sur eux, et n'en continua pas moins tranquillement à filer. Il étoit évident que cette
femme possédoit une sorte d'autorité sur
ces hommes grossiers; car elle les laissa
gronder et jurer quelque temps, et quand
elle jugea que la bordée étoit suffisante,
elle se leva, prit un air imposant et leur dit
quelques mots qui, interprétés d'après son
air et le jeu de ses traits, auroient été enten-
dus par un sourd, comme contenant un
ordre auquel il ne falloit pas désobéir.

Ils murmurèrent plus bas, jurèrent encore un peu, proférèrent quelques malédic-
tions, et finirent par s'asseoir, sans observer aucun ordre, chacun prenant l'escabelle dont il se trouva le plus voisin. On fit
alors les préparatifs d'un repas. Gillie tira
du bouillon et un morceau de viande du
chaudron qu'on a déjà vu figurer; divers
paniers firent leur apparition, et l'on y prit
dans l'un du pain, dans l'autre du biscuit,
dans un troisième de l'eau-de-vie. On dé-

tacha des harengs secs des solives du plafond; en un mot, on étala sur une table
toutes les richesses contenues dans la chaumière, et les nouveaux venus en usèrent
de manière à permettre de penser qu'ils ne
tarderoient pas à les faire disparoître.

Bertram, éprouvant alors un appétit
violent, avoit grande envie de sauter à
bas de son lit, et de se mettre du nombre
des convives, car il y avoit plus de vingt-
quatre heures qu'il n'avoit rien pris, et il
commençoit à se remettre de ses fatigues;
mais il douta que la prudence le lui per-
mît; un instinct secret sembla lui dire que
ce n'étoit pas le moment favorable pour faire
l'épreuve de ses forces, et satisfaire une faim
dévorante; et il se confirma d'autant plus
dans cette idée, qu'il s'aperçut qu'il étoit lui-
même le sujet de la conversation; il n'en
comprenoit pourtant pas un seul mot; mais
ces hommes, sans se relâcher un instant
du travail dont ils étoient sérieusement
occupés, montroient assez par leurs gestes

et leurs regards, qu'ils délibéroient sur quelque question, à laquelle il étoit personnellement intéressé. La vieille femme plaçoit son mot dans l'entretien de temps en temps, et le nom de Nicolas, comme le remarqua Bertram, fut plusieurs fois répété par tous les convives.

Ils causèrent ainsi, sans quitter la table, pendant plus d'une heure. Il arriva fréquemment que quelqu'un d'entre eux laissoit échapper un jurement en anglais ou en hollandais, et sembloit disposé à continuer la conversation dans l'une ou l'autre de ces langues; mais alors la vieille ne manquoit jamais de lui imposer silence par un signe, ou de l'interrompre en lui adressant la parole en sa propre langue, qui étoit inintelligible pour Bertram. Enfin la compagnie partit, et la chaumière redevint solitaire et silencieuse.

~~~~~~

CHAPITRE III.

« Ce drôle va vouloir nous prêcher, capitaine.
—Par l'âme de mon père, il ne prêchera pas !
Croit-il que nous soyons Juifs, païens, renégats ?
Nous vivons tous en Dieu, croyons à l'Évangile,
Quand le texte est bien su, la glose est inutile »

CHAUCER.

Aussitôt que le pas des derniers convives qui se retiroient eut cessé de se faire entendre, Bertram se souleva sur son lit, et jouant le rôle d'un homme qui s'éveille à l'instant, bâilla deux ou trois fois, et dit à son hôtesse qu'il avoit faim et soif. La vieille murmura quelques mots entre ses dents, et lui alla chercher le reste d'un pot de whiskey, du biscuit et des harengs salés, sans s'inquiéter si cette nourriture lui seroit agréable. Bertram avoit trop d'appétit pour être difficile sur la qualité des mets, et ce repas frugal lui ayant rendu des forces, il se mit à faire de nouvelles questions à son hotesse.

— Bonne mère, je ne sais trop si je rêvois ou si j'étois à demi éveillé, mais il me semble qu'il y avoit ici, il y a quelques instans, des pêcheurs ou des marins, et que les rafraîchissemens que vous venez de me donner ont déjà été servis sur cette table.

— C'est bon, c'est bon! répondit la vieille d'un ton sec; ceux qui n'ont rien à faire ont toujours le temps de rêver.

— Et que voulez-vous que je fasse, ma bonne hôtesse? Avez-vous de l'ouvrage à me donner?

Gillie secoua la tête.

— En ce cas, procurez-moi les moyens d'aller où j'ai quelque chose à faire.

— Et où voulez-vous aller?

—Sur les côtes du pays de Galles; je m'y

rendois quand j'ai eu le malheur de faire naufrage.

—Du pays de Galles! Non, non, n'y allez pas ; il s'y trouve déjà assez de coquins. Et fixant sur Bertram des yeux perçans et attentifs, elle ajouta : —Y avez-vous jamais été?

—Jamais.

—Eh bien, prenez garde à vous.

— Et pourquoi?

—Les potences y sont hautes, mon garçon, et l'on vous y accroche sans beaucoup de cérémonie.

— Pour qui me prenez-vous donc? Ai-je l'air d'un voleur, d'un bandit?

—Je n'en sais rien, mais vous avez l'air d'un vaurien que je connois bien; et il est destiné à la potence, quand il n'y en auroit qu'une seule dans toute l'Angleterre.

Bertram lui fit encore d'autres questions, mais Gillie, reprenant sa manie silencieuse, ne lui répondit plus que par monosyllabes, et toujours avec humeur.

Désespérant d'en obtenir des renseignemens qui pussent lui être utiles, il se borna à lui dire que, s'il se présentoit quelque occasion dont il pût profiter pour quitter son domicile actuel, il la prioit de l'en informer. Elle ne lui répondit qu'en murmurant quelques mots inintelligibles, d'un ton qui n'avoit rien de gracieux ni de cordial; et Bertram, s'étant rejeté sur son lit, et s'enveloppant de ses couvertures, se mit à réfléchir sur sa situation et sur ce qu'il avoit à faire pour en sortir.

Il étoit alors si bien remis de ses fatigues, et se ressentoit si peu de ses souffrances, qu'il se trouvoit en état de braver la vieille et son chien : mais la scène dont il venoit d'être témoin lui fit craindre d'être exposé à d'autres dangers. Il étoit possible que le hasard l'eût jeté dans un nid de contrebandiers, ou de bandits encore plus dangereux. Des pirates avoient attaqué récemment le pavillon hollandais à la hauteur d'Anvers, et l'on croyoit que

ces pirates étoient des contrebandiers qui
avoient leur repaire dans les rochers qui
bordent les côtes du pays de Galles, ou
dans quelqu'une des petites îles qui s'y
trouvent ; Bertram commença à craindre d'être tombé entre leurs mains. Les
yeux fermés, il continua long-temps à réfléchir sur ce qui pouvoit avoir à en attendre, et enfin le sommeil le surprit.

Une main qui s'appuyoit lourdement sur
son épaule l'éveilla au milieu de la nuit.
Il ouvrit les yeux, et vit sa vieille hôtesse
à côté de son lit.

— Levez-vous, lui dit-elle, ou il sera
trop tard. Un capitaine françois est à faire
de l'eau sur la côte, et il consent à vous
prendre à bord.

Bertram se leva précipitamment, se dis-
posa à partir, et donna une récompense à
son hôtesse. Mais, tout en faisant ses préparatifs de départ, son esprit trouva le
loisir de revenir sur les réflexions qui
l'avoient occupé à l'instant où il s'étoit

endormi. Qui étoit ce capitaine français ?
Pour quel endroit faisoit-il voile ? Quelle
liaison avoit — il avec les gens entre les
mains desquels il se trouvoit ? Quels mo-
tifs avoient-ils eus pour assurer son passage
à bord de ce bâtiment, et quelles en
étoient les conditions ? Mais le voyageur
égaré dans les ténèbres suit la première
lumière qui se présente à ses yeux, dans
l'espoir qu'elle le tirera d'embarras, quoique ce puisse être un feu follet qui le
conduise dans une situation encore plus dan-
gereuse. Heureusement Bertram n'eut pas le
temps de faire de longues réflexions, car elles
furent interrompues par l'arrivée de deux
marins qui venoient le chercher, le capitaine
françois étant sur le point de lever l'ancre.

Déterminé à se jeter entre les bras du
hasard, Bertram se prépara à suivre ses
conducteurs, et fit en peu de mots ses
derniers remerciemens à sa vieille hôtesse,
qui lui répondit encore plus laconique-
ment, en murmurant entre ses dents,

sans lever les yeux sur lui, sans cesser de
s'occuper un instant de son rouet. La nuit
étoit excessivement obscure, et à peine les
ténèbres parurent - elles un peu moins
épaisses, lorsqu'ils furent sortis du bois
taillis qui environnoit la chaumière. Cependant l'air étoit calme; quelques étoiles
brilloient au firmament, et les vagues,
en venant se briser sur les côtes, n'étoient
plus menaçantes.

Soutenu par ses deux guides, qui mar-
choient d'un pas ferme et assuré sur la
pente rapide de la montagne, Bertram la
descendit sans accident; et en arrivant sur
le bord de la mer, il y trouva une grande
barque pesamment chargée, le fond en
étant rempli de tonneaux et de balles de
marchandises, et ayant un équipage de
douze hommes. Ce qui frappa surtout
Bertram, quand il y fut entré, ce fut de
voir le calme et le silence qui y régnoient,
et qui étoient si opposés à l'esprit bruyant
et enjoué qui caractérise les marins.

Tandis que la chaloupe fendoit les vagues, et que le bruit monotone des rames
qui frappoient l'eau interrompoit seul le
silence de la nuit, Bertram eut le temps de
faire de nouvelles réflexions sur sa destinée future, et sur ce qu'il devoit attendre
de ses compagnons actuels. Un incident
bien léger fit une impression favorable sur
son esprit : le temps étoit froid, et une
brise assez vive se faisoit sentir. Bertram,
qui étoit vêtu assez légèrement, grelottoit
sur le tillac, et trembloit de la tête aux
pieds. Un des marins s'en aperçut, et lui
jeta sur les épaules une grosse redingote
de laine, avec un air de compassion un
peu bourrue. Cette attention n'étoit qu'un
rien, mais ce rien sembloit indiquer que
les cœurs qui l'entouroient pouvoient s'ouvrir à l'humanité; et il entre dans les des-
seins bienfaisans de la Providence que les
moindres bagatelles fournissent des ali-
mens à l'espérance et à la crainte, à la
confiance et au soupçon; elles deviennent

même souvent la source féconde où nous puisons des consolations et de l'assurance.

Quoique la barque fût garnie d'un nombre suffisant de vigoureux rameurs, elle étoit si pesamment chargée, qu'il se passa près d'une heure avant qu'on aperçût le bâtiment français qui étoit à l'ancre dans la rade. Une seule lanterne étoit allumée sur le tillac, et l'officier qui étoit de quart s'écria, en entendant le bruit des rames : — Qui va là ? Bertram remarqua pourtant que cette demande fut faite d'une voix qui sembloit retenue par la prudence. On répondit de la barque : — Pêcheurs du roi et de la sainte Vierge. Aussitôt on descendit des échelles de cordes, l'équipage de la barque monta sur le navire, et l'on se servit de poulies pour y faire passer les tonneaux et les balles qui étoient dans la chaloupe.

Bertram admira l'adresse, l'activité, l'ordre et le silence qui présidèrent à toutes ces opérations; il étoit évident que tous

ceux qui y travailloient connoissoient parfaitement leur métier, et étoient accou-
tumés à observer une discipline exacte ;
mais en même temps, d'après le nombre
et la pesanteur de ces balles et de ces tonneaux, il ne put s'empêcher de soupçonner
que le capitaine, en s'approchant de la côte,
avoit eu quelque autre motif que le besoin
d'eau. Cependant il ne put douter qu'il
ne fût à bord d'un bâtiment français, car,
à la foible lueur de la lanterne solitaire, il
distingua les fleurs de lys sur les canons et
sur les ancres ; et, s'étant adressé au marin qui tenoit le gouvernail, afin d'en être
encore mieux assuré, celui-ci lui répondit
en anglais qu'il étoit sur une corvette française, nommée *la Fleur-de-lis*.

En ce moment le vent changea, et une
voix de tonnerre s'écria :

— Mort de ma vie ! Attention à la ma-
nœuvre ! Par les trois noms de Satan, je
vous enverrai un message par les boule-
dogues qui sont à ma ceinture. Dépêchez-

vous davantage, vous autres qui êtes après la grande voile, ou, de par Notre-Dame, je vous ferai clouer au haut du grand mât, pour servir de déjeûner aux cormorans.

Tout fut alors en activité ; on alluma un plus grand nombre de lanternes, on déploya toutes les voiles ; on voyoit des matelots et des mousses sur tous les cordages : le pilote seul resta tranquillement à son poste ; et l'aurore commençoit à peine à paroître, quand *la Fleur-de-lis*, portant toutes ses voiles, et favorisée par le vent, se mit en marche. Le vaisseau avoit déjà fait beaucoup de chemin quand il fit assez clair pour que Bertram pût examiner la côte qu'il venoit de quitter ; et, quand il lui fut possible de faire usage de ses yeux pour tâcher de reconnoître la situation exacte de la montagne derrière laquelle étoit la chaumière de la vieille Gillie, il en étoit si éloigné que tous les traits de détail échappoient à sa vue, se confondoient dans les vapeurs de l'atmosphère ; on n'y distin-

guoit que la conformation générale de la
côte, et il y remarqua un promontoire fort
élevé et une baie assez profonde.

— Comment nommez-vous ce promontoire? demanda-t-il à un vieux marin qui
passoit près de lui en ce moment.

— Celui qui est en face du gouvernail?

— Précisément.

— On l'appelle le promontoire de Pain-
d'épices.

— Et cette grande baie dont il fait une
des pointes?

— La baie du Lait-de-beurre; et l'autre
pointe là bas sous le vent, est le cap de
Sucre-candi.

A ces mots le vieux marin releva son
pantalon, et continua son chemin avec une
gravité comique, sans avoir beaucoup aug-
menté les connoissances géographiques de
Bertram. Le jeune homme n'eut pourtant
pas le temps de réfléchir beaucoup sur cet
échantillon de gaieté navale, car en ce
moment un gros homme, marchant les

jambes écartées pour se maintenir en équi-
libre, s'arrêta devant lui, et lui dit sans
autre cérémonie préalable.

— Ainsi donc, vous êtes le fils d'un
canon, vous qui êtes passager sur ce vaisseau?

L'air de confiance et le ton d'importance de ce personnage annoncèrent à
Bertram que celui qui lui parloit ainsi étoit
le capitaine du navire ; et indépendamment
de son rang, son extérieur étoit assez re-
marquable pour attirer l'attention de tout
spectateur judicieux. Il étoit de petite
taille, mais avoit l'air robuste et nerveux.
Ses jambes et ses cuisses étoient courtes
et maigres, ses bras longs et décharnés,
et son buste d'un embonpoint prodigieux
qui alloit mal surtout à un marin. Il paroissoit
être plus près de soixante-dix ans que de
soixante, mais l'âge sembloit ne lui avoir
fait rien perdre de son ancienne vigueur.
Son corps étoit d'un acier que les élémens et une vie active n'avoient fait que
tremper. Ses cheveux étoient blancs, mais

le défaut de soins et de propreté leur avoit fait contracter une teinte jaunâtre, qui faisoit contraste avec le disque étincelant d'un visage rond et écarlate, de gros sourcils grisonnant à peine, et un nez de betterave, qui faisoient disparoître tout ce que l'âge auroit pu donner de vénérable à ses traits. Des yeux gris pleins de feu se montroient sous la masse de chair dans laquelle ils étoient enfoncés; ils avoient la même expression que ceux du chat, mais on voyoit qu'au moment du danger, ils pouvoient en prendre une plus convenable au caractère de l'homme; cette dernière expression s'effaçoit dans les instans de paix, et surtout quand il avoit fait ses libations. Son pas étoit ferme, parce qu'il étoit habitué à l'ivresse; il avoit la marche de l'Hippopotame, et par tout où son large pied étoit posé, on auroit dit qu'il vouloit y prendre racine.

Quant au costume, le capitaine portoit de longs et larges pantalons de toile rayée, de gros souliers, et d'énormes boucles d'argent. Au lieu de l'uniforme de la marine française, qui auroit annoncé son grade, il avoit une jaquette de drap bleu, au dessus d'un gilet de casimir rouge, autour duquel on voyoit un large ceinturon de cuir soutenant une paire de pistolets, et auquel étoit suspendu un cimeterre turc dans un fourreau d'argent. Il portoit un chapeau rond à larges bords, semblable à ceux des derniers de ses matelots, et la seule marque qui l'en distinguât étoit une petite fleur-de-lis en argent qui y étoit attachée, sans doute par allusion au nom du bâtiment qu'il commandoit.

Tel étoit le personnage important qui s'adressoit à Bertram, ou plutôt qui, après l'avoir coudoyé en passant, se tourna tout à coup pour lui faire face, et lui dit d'une voix de Stentor.

—Ainsi donc, vous êtes le fils d'un canon, vous qui êtes passager sur ce vaisseau?

Bertram, quoique un peu surpris d'une

apostrophe faite en ces termes, le salua modestement, et lui répondit qu'il avoit cet honneur.

Le capitaine, sans changer de posture, le toisa du haut en bas, d'un air insouciant, et dit ensuite :

—Oui dà! Diable! Oh! oh! et où désirez vous débarquer?

— A Bristol, ou en quelque endroit que ce soit de la côte du pays de Galles.

—Bristol! Le pays de Galles!—Chère du Diable! A-t-on jamais rien entendu de pareil! Le capitaine Le Harnois dévier de sa marche, *la Fleur-de-lis* virer de bord pour un de passager!

— J'avois cru, Monsieur, ou plutôt je m'étois figuré que *la Fleur-de-lis* devoit croiser sur la côte du pays de Galles.

—Sur la côte de l'enfer! Ecoutez-moi, Tom; il y a trop de vauriens qui rôdent dans ces mers, diablement trop; la police anglaise n'y entend rien; elle ne sait pas les secouer. Mais qui diable êtes-vous?

3*

Bertram alloit répondre à une question faite si poliment, mais le capitaine lui en évita la peine en se chargeant lui-même de la réponse.

— Oui, oui, il ne faut qu'ouvrir la moitié d'un œil pour le voir; un chevalier de la nuit, un de ces braves gens qui monte derrière les chaises de poste pour couper les courroies qui attachent les porte-manteaux; qui se glissent dans les maisons pendant les ténèbres; qui guettent de vieilles femmes et des infirmes pour en arracher quelques sous; — car pour aller bravement sur les grands chemins le pistolet à la main..... non, non, il n'y a pas le métal nécessaire dans sa composition; — ou peut-être un jongleur, un danseur de cordes, qui fait ses tours aux dépens des poches des autres.

— En vérité, capitaine, vous vous méprenez tout-à-fait. Je ne suis.....

— Je me méprends! Mort de ma vie! Le capitaine Le Harnois se méprendre!

Piqué au vif par de tels affronts, Bertram prit son portefeuille et en tira quelques papiers qu'il présenta au capitaine avec un air de hauteur, et il lui dit en même temps :

— Monsieur, si vous voulez me faire l'honneur de jeter les yeux sur ce passe-port et ces certificats, je suis convaincu que je n'aurai pas besoin de chercher à me justifier des soupçons que vous venez de montrer...

— Chansons, chansons! dit le capitaine ; et que disent toutes ces paperasses? Il se mit à ouvrir les papiers, et le fit avec tant de négligence qu'il en déchira quelques-uns. Il eut l'air de les parcourir, mais Bertram crut s'apercevoir qu'il les tenoit à rebours. Quoi qu'il en soit, après avoir eu l'air de les examiner les uns après les autres, il les chiffonna entre ses mains, les jeta sur le tillac avec un air de mépris, et les foula aux pieds en s'écriant :

— Fadaises, Tom, Fadaises! Vous ne m'y prendrez pas ; tous ces papiers sont

faux. Ce n'est pas le capitaine Le Harnois
qu'on trompe par des tours de gibecière.
Et à ces mots, il le quitta pour continuer
sa tournée sur son gaillard d'arrière, sauf
à lui lâcher une autre bordée quand il auroit viré de bord.

L'indignation dont Bertram fut trans-
porté en se voyant traité de cette manière
étoit fort naturelle, car il n'avoit rien fait
pour provoquer le courroux du capitaine.
Malgré sa situation précaire, et quoiqu'il
sût qu'il étoit entièrement à la merci d'un
marin brusque et ivre, il étoit sur le point
de s'abandonner aux transports que l'innocence calomniée se croit souvent permis,
quand le contre-maître lui frappa sur l'é-
paule, et lui dit à l'oreille :

— Tout doux, mon maître, tout doux !
Le capitaine ne pense pas tout ce qu'il dit ;
et il dit souvent ce qu'il ne pense pas,
quand il a déjeuné de trop grand matin,
car il est bon que vous sachiez que son
déjeuner est de l'eau-de-vie. Il fait beau

temps avec lui deux fois par jour : d'abord avant son déjeuner, et ensuite avant son diner. Oh! alors c'est un plaisir que de parler au capitaine.

En ce moment le capitaine, ayant fait le tour du gaillard d'arrière, se retrouva en face de Bertram, qui, ayant ramassé ses papiers, les replaçoit dans son portefeuille, et qui se contenta de dire qu'il espéroit trouver à terre des magistrats qui auroient plus d'égard à des pièces authentiques.

— De par le diable et ses cornes, s'écria le capitaine, est-ce que vous vous imaginez que vos chiens de magistrats d'eau douce vaillent mieux qu'un magistrat d'eau salée ? Mort de ma vie ! je crois qu'une commission de capitaine de marine, signée, contresignée, et scellée, vaut bien celle d'un plat pied de magistrat de terre ! *la fleur-de-lis* est le meilleur magistrat que je connoisse. Il faut la voir quand elle montre les dents ! et ici le capitaine Le Harnois montra les siennes, qui, quoique

fort jaunes, étoient encore aussi en état de
faire leur devoir que celles dont il parloit
et qui étoient chargées d'un service tout
différent. Oui, oui, elle peut aussi faire
des lois, je l'ai vue en dicter plusieurs
fois, et d'excellentes lois, quoique tout le
monde n'en convînt pas.

Bertram garda le silence, et le capitaine
Le Harnois suivit le fil de ses tendres souvenirs.

— Ah! la charmante petite diablesse!
C'est pourtant quelquefois une furie. Je
me souviens du jour où........ mais
c'est peut-être de cela que vous vouliez
parler, Tom. Oui, vous aurez entendu
parler de cette histoire, ou de quelque
autre aussi bonne, et c'est pour cela que
vous me rebattiez les oreilles de vos magistrats d'eau douce. Mais, mon jeune camarade, il est bon que vous sachiez que
ces vieilles histoires sont oubliées, il n'en
est plus question. — La petite coquine a
reçu son pardon, quoiqu'elle fût un peu

endurcie. Oui elle peut mettre ses voiles au vent sans crainte à présent ; ses ponts ont été lavés, et elle a même à bord un vénérable aumônier.

— En vérité ! dit Bertram.

— Oui, sur mon âme ; un aumônier, m'entendez-vous ? un aumônier nommé par le gouvernement français. Qu'avez-vous à dire à cela ? N'êtes-vous pas un sujet loyal ? Êtes-vous ennemi du gouvernement français ?

— Je ne suis pas sujet de la France, capitaine Le Harnois ; je ne tiens à ce pays par aucun lien, et je ne dois pas obéissance au gouvernement français. Il est donc inutile que vous me demandiez une déclaration de mes sentimens politiques.

— Comment ! comment ! comment ! vous n'osez déclarer vos sentimens politiques !
— Vous n'êtes donc pas royaliste ! Mort de ma vie ! Ma corvette est royaliste, la petite coquine. je suis royaliste ; tout mon équipage est royaliste ; et de par dieu !

je ne veux avoir sur mon bord personne
qui ne soit royaliste !

— Je me félicite, capitaine, de faire
voile avec un sujet si loyal de Sa Majesté
Très-Chrétienne.

— Fort bien, fort bien ! mais puisque
vous n'êtes pas royaliste, vous êtes sans
doute libéral?

— Je me trouve dans de telles circonstances, capitaine Le Harnois, qu'il m'est
véritablement impossible d'être libéral, et
j'espère.....

—Vraiment! A la bonne heure! c'est quelque chose du moins, mon garçon ! Soyez
tout ce que vous voudrez du reste ; coupez
les courroies des portemanteaux ; fouillez
dans la poche des vieilles femmes ; faites
des tours de passe-passe. De tout mon
cœur, pourvu que vous ne soyez ni cons-
titutionnel, ni libéral. Je ne veux pas de
libéralité sur mon bord ; on n'y en trou-
vera jamais tant que j'y commanderai, ou

je ne me nomme pas Le Harnois. Diable !
j'ai une réputation à soutenir.

— Je crois que nous ne nous entendons
pas, capitaine. Il y a différentes sortes de
libéralités ; et je voulois vous dire....

— Différentes sortes ! que m'importe ?
je n'en veux d'aucune espèce. D'aucune
espèce, entendez-vous ? Et quelle est votre
religion ? Diable ! en avez-vous une d'a-
bord ?

— Réellement, capitaine, il me semble
que, pour avoir jeté une corde à un malheureux qui se noie, pour lui avoir rendu
un service réclamé par l'humanité, on n'a
pas le droit de lui faire subir un interrogatoire sur ses principes religieux. Vous ne
pouvez avoir de telles instructions dans
votre commission.

— Ma commission ! Que parlez-vous de
ma commission ? Où l'avez-vous vue ? Savez-vous où elle est ! Mais moi, mort de
ma vie ! je dois la connoître, à ce qu'il me
semble. Qu'avez-vous donc à me répondre,

si je vous dis que ma commission est de connoître la religion de toute ma cargaison ! Et si je jette une corde à un sot qui se noie, quand je lui vois la tête hors de l'eau, je lui demande de quelle couleur est sa religion, et si sa réponse ne me satisfait pas, je le baptise dans l'eau salée ; et quand cela est fait, je lui permets de venir demander au capitaine Le Harnois si cela est dans sa commission. Ainsi, de par le diable, et pour la seconde fois, je vous demande quelle est votre religion.

— Je suis né et j'ai été élevé dans la religion protestante, capitaine ; mais cela n'empêche pas que je n'aie un respect sincère pour l'église romaine et pour ceux qui en suivent les dogmes,

— Au diable votre respect ! Je n'ai que faire de votre respect. Je veux une religion pure comme l'eau-de-vie que j'ai à bord, sans mélange de votre eau protestante. Fi ! ma corvette a de la religion, la petite diablesse, car l'aumônier l'a aspergée d'eau bénite. J'ai de la religion. Tout mon équipage a de la religion; et, mort de ma vie! il faut que mes passagers aient de la religion, ou mon nom n'est pas Le Harnois.

Bertram ne savoit que penser des principes étranges et plus que sévères du commandant de la corvette; mais il douta que son langage fût bien sincère en remarquant que tous les marins qui étoient derrière le capitaine éclatoient de rire en l'entendant parler ainsi, et le capitaine Le Harnois sembloit lui-même à demi disposé à en faire autant. Mais il sentit que ses paupières s'appesantissoient, et il mit à la voile pour sa cabane, murmurant chemin faisant, mais sans tourner la tête une seule fois:

— C'en est assez pour un premier interrogatoire. Nous verrons ce soir de quel côté viendra le vent. En attendant, Tom peut aller dormir entre les ponts. Quand nous nettoierons le tillac, nous jetterons à la mer toutes les immondices. Il faut être charitable de temps en temps pour l'amour de Notre-Dame, mais, de par tous les diables, point d'irreligion à bord de *la Fleur-de-lis !* Il faut que tout y soit aussi religieux et aussi royaliste que le capitaine Le Harnois, mort de ma vie !

Ce dernier jurement qu'il prononçoit en descendant l'échelle de l'écoutille fut suivi de grands éclats de rire, et tout l'équipage, se livrant à la joie, entonna des chansons qui n'étoient rien moins que royalistes et religieuses.

CHAPITRE IV.

PISTOL.	« — Quel est ton nom ? parle !
LE SOLDAT FRANÇAIS.	— O seigneur Dieu !
PISTOL.	— Eh bien , signor Diou', je t'avertis que tu périras par la pointe de mon épée , si tu ne me paies une bonne rançon.
LE SOLDAT FRANÇAIS.	— Miséricorde ! ayez pitié de moi !
PISTOL.	— Un moi n'est pas assez, il m'en faut quarante (1). »

SHAKSPEARE.

MALGRÉ l'absence du capitaine, et quoiqu'on ne vît ni officier ni sous-officier qui

---

(1) Dans toute cette scène d'Henri V, le soldat prisonnier parle français, et Pistol, qui n'entend pas cette langue , prend ici le mot *moi* pour une abréviation de moidore , monnoie portugaise.

le représentât, Bertram reconnut avec surprise que tous les hommes de l'équipage n'en
remplissoient pas moins tous leurs de-
voirs avec autant de zèle que d'exactitude.
L'ordre, la précision et l'activité régnoient
dans toutes les parties du service, et l'on
auroit pu comparer l'industrie laborieuse
de ces marins à l'instinct des abeilles. On
les voyoit, quand l'occasion l'exigeoit,
carguer ou étendre les voiles, prendre la
sonde, monter sur les mâts, plier les cordages, en un mot s'acquitter de toutes
leurs fonctions avec le soin le plus vigi-
lant. Cela lui parut d'autant plus remar-
quable que presque tous portoient suspendu à leur cou un grand flacon entouré
d'osier, contenant de l'eau-de-vie, ce qui
leur paroissoit probablement la meilleure
manière de prouver qu'ils partageoient les
principes orthodoxes de leur capitaine.

Bertram fit part de sa surprise au vieux
pilote, qui lui répondit :

— Sans doute, sans doute ; mais tout
cela n'est rien : il faudroit les voir dans
une tempête ou à l'abordage. Il n'y en a
pas un parmi eux qui ne soit en état de
prendre la place du capitaine ; mais de son
côté le capitaine pourroit prendre celle du
premier venu d'entre nous ; car il connoît
toutes les parties du service, et jamais meilleur marin n'a marché sur le tillac d'un
vaisseau. J'ai vu le temps où il n'existoit
pas sur son bord un homme aussi laborieux
que lui, où il vouloit mettre la main à tout ;
mais aujourd'hui ce n'est plus cela. Depuis
qu'il a été rayé du livre noir, et que ses
vieux péchés lui ont été pardonnés, on ne
le reconnoît plus que par intervalles, et
l'on seroit tenté de croire qu'il y a quelque
chose de dérangé dans son cerveau. Tantôt il fait un voyage pour transporter des
marchandises d'un port à un autre, et il
ne nous parle qu'honneur, morale et religion ; tantôt il lui prend un revenez-y de
son ancien métier, et il s'en donne à cœur

joie; de sorte que nous sommes toujours
à nager entre deux eaux, sans trop savoir
sur quel pied nous dansons.

La vue des travaux des marins, quoique
intéressante pour quelques instans, finit
par ennuyer Bertram, et, s'étendant sur le
tillac, il se mit à contempler la mer et le
rivage encore éloigné dont on commençoit
à se rapprocher. Le jour étoit aussi beau
qu'on peut en espérer en hiver; le soleil
brilloit de tout son éclat; le firmament
n'étoit voilé par aucun nuage; aucune
vapeur ne troubloit l'atmosphère, et la
mer étoit si calme qu'elle ne formoit de
vagues qu'à l'endroit où le navire la fendoit. Le promontoire éloigné, qu'il croyoit
être celui près duquel il avoit été porté par
les flots, après l'explosion de *l'Alcyon*, et
qui sembloit former l'extrémité d'une petite île, n'étoit déjà plus à ses yeux qu'un
point d'azur. La corvette marchoit au sud-
est, et l'on voyoit à bâbord une longue

ligne de côtes qui s'étendoient au sud-
ouest.

Un rocher très-remarquable, qui se
trouvoit sur cette côte, attira son attention, et sembloit exercer une force d'at-
traction sur ses regards, car, sans qu'il
sût pourquoi, il ne pouvoit en détacher
ses yeux. Qui pourroit méconnoître le
pouvoir du sentiment qu'il éprouvoit en
ce moment? Quelle personne, douée de
sensibilité et sachant réfléchir, n'a pas
quelquefois, soit en voyageant, soit en
d'autres occasions, senti s'éveiller des souvenirs vagues et incertains à la vue d'un
objet qu'elle ne croyoit jamais avoir vu
auparavant? Telle étoit la sensation qu'é-
prouvoit alors Bertram : une sorte de
perplexité pénible le troubloit et l'attristoit
pendant qu'il regardoit cette côte. Il lui
sembloit qu'il avoit vu dans son enfance
quelques-uns des traits les plus saillans
qu'elle présentoit, ce qui pourtant lui pa-

roissoit impossible; car il apprit du pilote
que la côte qu'il voyoit bordoit partie des
comtés de Carnarvon et de Mérioneth,
près de la baie de Pwlheli.

Le vent étoit favorable, et la corvette
étoit si bonne voilière, qu'en moins d'une
heure on fut assez près de cette côte pour que
les objets les plus saillans qui s'y trouvoient
se dessinassent assez distinctement. On y
remarquoit surtout un promontoire fort
élevé dont le front de granit s'étendoit bien
au-delà du rivage et s'avançoit fort avant
dans la mer. Sur son sommet étoit planté,
comme un diadème, un ancien château
qui auroit offert au pinceau du peintre un
sujet très-intéressant, si son aspect, à certains égards, n'avoit eu quelque chose de
grotesque. Planté est le mot qui convient
en cette occasion, car il ressembloit litté-
ralement à une excroissance naturelle du
rocher, sans aucun mélange de subs tance
étrangères. A la vérité ce château, en bien

des endroits, étoit une excavation pratiquée dans le roc, plutôt qu'un édifice construit sur sa surface extérieure ; et, dans
ceux où il avoit fallu élever des murailles,
c'étoit dans les fentes et dans les crevasses
du rocher qu'on en avoit placé les fonda-
tions. Enfin la pluie, le soleil, et la main
des siècles avoient mis une telle harmonie
entre les différentes parties de ce bâtiment,
qu'il eût été impossible de dire où commençoit le travail de l'art et où finissoit celui
de la nature.

Tout ce château déployoit une grandeur
nue, un mépris total de tout ornement.
Quelque beauté qu'on pût y trouver, elle
sembloit exister en dépit des intentions de
ceux qui l'habitoient, et être due aux avantages du temps et de la situation, dont il
ne leur avoit pas été possible de le priver.
Cet édifice, suivant les irrégularités de la
superficie du rocher, et s'y adaptant, con-
sistoit en un assemblage de tours et de tou-

relles jointes ensemble par des masses de bâtimens carrés, le tout placé sans ordre et sans plan régulier. On ne s'apercevoit que c'étoit une demeure habitable que par le nombre de fenêtres percées dans les murailles et dans la portion du rocher qui en servoit, et par un toit couvert en tuiles d'un rouge foncé. Ce dernier trait nuisoit à l'effet pittoresque de cet édifice, mais en ce moment il étoit en harmonie parfaite avec les rayons éclatans du soleil réfléchis sur toutes les vitres des fenêtres qui donnoient sur la mer, et avec l'écarlate sombre des fougères flétries qui couvroient toutes les montagnes voisines, et en bien des endroits s'avançoient dans les plaines jusqu'au bord de la mer.

Il auroit été difficile de dire dans quel style d'architecture ce château avoit été construit. Il n'étoit pas gothique; il n'appartenoit pas au moyen âge; il sembloit dater d'une époque plus éloignée et plus grossière, où l'on ne se proposoit d'autre but que de profiter des avantages du local et des matériaux que fournissoit la nature, pour élever une forteresse imposante, sans avoir aucun égard aux règles de l'architecture, ou de la simple élégance. L'édifice principal étoit élevé de cinq étages, et la hauteur n'en paroissoit que proportionnée à son étendue. Il étoit environné de plusieurs bâtimens inférieurs dont quelques-uns paroissoient construits en bois. Les puristes de nos jours, si empressés à nettoyer les environs de nos cathédrales et de nos bâtimens publics qui étoient jadis entourés de petites échoppes, comme d'autant de nids d'hirondelles (1), n'avoient probablement pas encore fait alors de prosélytes dans ce coin du monde. Au total, quiconque l'examinoit avec attention finissoit par se dire que c'étoit un édifice an-

---

(1) Allusion à un vers de *Macbeth*.

(*Note du trad.*)

tique et vénérable, mais construit d'une manière bizarre et singulière.

De chaque côté du promontoire sur lequel étoit placé le château, s'en élevoit un plus petit, formant angle avec lui. Celui qui étoit à main gauche, aperçu de la mer, quoique plus étroit et moins élevé que celui qui étoit à droite, se terminoit par une plate-forme beaucoup plus étendue. C'étoit probablement pour cette raison qu'on l'avoit préféré pour y placer une tour, malgré son élévation moindre. Cette tour étoit de forme circulaire, forme qui convenoit parfaitement à celle de la plate-forme sur laquelle elle avoit été construite, cette plate-forme étant une table ronde de granit au sommet d'un cylindre colossal qui paroissoit sortir du sein des eaux. La vue de ce promontoire couronné d'une tour, et de celui sur lequel s'élevoit le château étoit particulièrement pittoresque, considérée du côté de la mer; car

l'isthme qui joignoit l'un à l'autre avoit été
miné soit par le temps, soit par une con-
vulsion de la nature, soit par la violence
des vagues et des tempêtes, de sorte
qu'une longue arche de granit, suspendue
sur les eaux, conduisoit du château à la
tour, et si cette arche venoit à s'écrouler,
le petit rocher, en forme d'immense colonne,
se trouveroit isolé au milieu des ondes.

Les yeux de Bertram ne pouvoient s'é-
loigner de cet ancien château, des montagnes qui s'élevoient par derrière à quelque distance, des champs, des prés et des
bois silencieux qui l'entouroient, et qui
sembloient se réchauffer aux rayons du
soleil du matin. Toute cette scène respiroit
la gaieté et la tranquillité. La mer s'étoit
dépouillée de son caractère de terreur et
ressembloit aux eaux paisibles d'un grand
lac; l'air étoit froid, mais sans être glacial; et
les côtes de l'Angleterre, qu'il contemploit
enfin sans crainte, sourioient comme le

matin, comme un matin d'hiver à la vérité,
mais d'un hiver qui n'étoit ni triste ni sévère, et qui sembloit annoncer les plaisirs
des fêtes de Noël. Les riches couleurs de
l'automne dominoient encore dans les bois;
les fougères que les pluies n'avoient pas
décolorées conservoient leurs belles teintes,
les chênes refusoient de se séparer de leurs
feuilles mourantes; et, dans les endroits où
l'hiver avoit fait ses plus grands ravages, on
voyoit, à travers la forêt de lances que pré-
sentoient les branches d'arbres privées de
leur parure, le feuillage brillant du houx, la
verdure plus foncée de l'if et du pin; et le spectacle se varioit encore par le tronc argenté
du bouleau, et la grappe rouge du sorbier.

La corvette s'étoit approchée insensiblement du rivage; et la profondeur de la
mer, le long de cette partie de la côte in-
spire tant de sécurité, même aux bâtimens
qui tirent le plus d'eau, qu'elle n'étoit
guère alors à plus d'une portée de fusil du

paysage que Bertram contemploit avec tant de plaisir. Il pouvoit distinguer toutes les chaumières parsemées entre les montagnes, et qui envoyoient vers le ciel une légère colonne de fumée ; de temps en temps il voyoit courir les jeunes enfans qui en sortoient, et, quand il ne pouvoit les voir, il entendoit les accens de leur joie innocente ; le chant du coq d'une basse-cour, auquel d'autres plus éloignés répondoient, donnoit aussi de l'expression à la beauté de cette scène champêtre.

Bertram frémit avec la même sensation qu'éprouve celui qui appuie le pied sur un serpent, lorsque, détournant un instant ses regards de ce tableau touchant de félicité rurale, il les laissa tomber sur les dents destructives de la charmante petite diablesse à bord de laquelle il se trouvoit, et sur la physionomie féroce, quoique intelligente, des marins qui en composoient l'équipage ; il désiroit déjà vivement être

4*

mis à terre , et les idées auxquelles ce contraste donna lieu le lui firent désirer encore
davantage. Il communiqua ses désirs au
contre-maître , qui lui répondit d'un air
surpris , et avec un sourire de dérision :

— Quoi ! vous débarquer sous le mu-
seau du château de Walladmor ?

— Et pourquoi non ?

— Demandez - le au capitaine , mon
brave garçon , demandez-le au capitaine
Jackson.

— Jackson ! Je croyois que le capitaine
se nommoit Le Harnois ?

— Le Harnois , Jackson , qu'importe ?
un nom n'en vaut-il pas un autre ? Mais ,
quoi qu'il en soit, ce n'est pas moi qui
vous conseillerai sérieusement de demander pareille chose au capitaine, car il y a
cent contre un qu'il vous feroit jeter par
dessus le bord la tête la première, c'est-à-
dire, si vous lui faisiez cette demande après

son déjeuner. —Non, non, quoiqu'il soit perché là haut comme l'aire d'un aigle, ce maudit vieux château a été le rocher contre lequel a échoué plus d'un bon navire. Attendez jusqu'à trois ou quatre heures, et alors nous pourrons bien vous mettre à terre un peu plus loin.

Quand on forme des souhaits sans espérance de les voir s'accomplir, l'esprit se décide plus aisément à y renoncer. Bertram sentit qu'il ne lui restoit aucun espoir, et faisant de nécessité vertu, il s'étendit de nouveau sur le tillac et continua à repaître ses yeux de la vue de la côte qui l'intéressoit si vivement.

On doubla enfin le second promontoire, et à l'instant où le soleil alloit se coucher, une nouvelle ligne de côtes se déploya devant les yeux de Bertram ; mais au même instant il entendit un bruit de rames, et s'étant levé sur-le-champ, il vit une barque qui s'avançoit rapidement. Elle aborda bientôt la corvette, et tout fut en mouvement sur le pont. Des signaux particuliers furent échangés, après quoi on procéda à un échange de tonneaux et de balles de marchandises. Bertram saisit cette occasion pour s'assurer un passage sur cette barque, et il alloit y sauter quand il fut mandé par le capitaine.

Il trouva le vieux tigre sur le gaillard d'arrière et dans un de ses momens de meilleure humeur. Le capitaine Le Harnois étoit assis sur un rouleau de cordages, le dos appuyé sur une caronade, ayant à sa droite un baril d'eau-de-vie et un autre de whiskey à sa gauche. Il venoit de s'éveiller, et n'ayant encore bu qu'un verre d'eau-de-vie depuis son réveil, il étoit presque de sang-froid. Peut-être avoit-il oublié les principes hétérodoxes de son passager, du moins il lui adressa la parole avec un ton de bonne humeur.

— Eh bien , mon cher Monsieur , comment vous trouvez-vous à bord de *la Fleur-de-lis?*

— Fort bien, capitaine ; mais je suis réellement impatient de gagner le rivage, et, comme je viens d'apprendre que la barque qui vient d'arriver peut m'y conduire, je désire profiter de cette occasion.

— Et qui vous en empêche, Tom? Il me semble qu'il y a assez de place pour vous sur le rivage, et si vous n'en trouvez pas assez, je ne saurois qu'y faire.

— Alors, capitaine, j'ai l'honneur de vous souhaiter le bon soir.

— Je vous en souhaite autant, Tom, et j'ai de plus le plaisir de boire à votre santé.

— Je vous remercie, Monsieur. Peut-être me permettrez-vous de laisser une bagatelle pour les gens de votre équipage qui m'ont amené à bord.

— Sans doute, Tom, sans doute. Je vous permets de laisser cinquante francs sur ce baril de whiskey.

— Cinquante francs, capitaine! Permettez-moi de vous rappeler que je ne suis venu à bord que ce matin, et que...

— Mort de ma vie! croyez-vous marchander avec le capitaine Le Harnois comme avec une marchande de barengs? Diable! Vous imaginez-vous pouvoir traiter un équipage de quarante-quatre hommes d'élite avec moins de soixante francs?

— Soixante, capitaine! vous aviez parlé de cinquante...

— Avois-je dit cinquante? c'étoit mon premier mot. Eh bien, soixante est le second. Et croyez-moi, Tom, dépêchez-vous de payer, car le troisième sera soixante-et-dix.

Il but un grand verre d'eau-de-vie, et

s'écria ensuite : — Contre-maître, dites au charpentier de m'envoyer un marteau et quelques clous. J'ai ici une pratique qui veut me jouer un tour, et il faut que je lui cloue la main au grand mât, pour l'empêcher de nous quitter sans payer. Mais un instant; écoutez-moi, Tom; si vous voulez servir à bord de *la Fleur-de-lis*, je ne vous demande rien.

— Je crois, capitaine, que votre besogne seroit trop forte pour moi : je n'ai pas encore recouvré assez de forces pour l'entreprendre.

— Vous manquez de forces, Tom? Je vous en rendrai; je sais comment il faut s'y prendre. Tenez, je vous ferai attacher au grand mât; vous y recevrez cent coups de courroie bien appliqués; on vous frottera ensuite avec du sel et du vinaigre; enfin vous avalerez un grand verre d'eau-de-vie avec de la poudre à canon, et de poisson d'eau douce vous deviendrez un requin. Voilà ma méthode, Tom; et mort de ma vie! elle est bonne. Allons, les soixante francs!

Bertram hésita un instant. Pendant ce temps, le capitaine se détourna pour se verser un grand verre d'eau-de-vie; et, se mettant à cheval sur la caronade, il entonna une chanson bachique et amoureuse, entremêlée de hoquets, d'une voix qui ressembloit au mugissement du vieux Borée.

Bertram craignit que les prétentions du capitaine ne montassent à mesure que l'eau-de-vie descendoit, et sans plus attendre, il plaça ses soixante francs sur le baril de whiskey.

— Bien, mon cher camarade, dit le capitaine. Et maintenant, que pensez-vous de *la Fleur-de-lis?* Jolie petite diablesse, n'est-ce pas? Et un peu mieux manœuvrée que *l'Alcyon*, j'espère? Diable! les choses se passent sur mon bord bien différemment que sur votre chien de bateau à vapeur. C'est tout autre chose!

— Tout autre chose en vérité, capitaine.

— Oui, oui, tout différent. Mort de ma vie! je sais à qui je parle, quand je parle à mes gens; mais quand on s'adresse à une machine à vapeur, du diable si l'on sait à qui l'on parle.

Pendant ce temps, Bertram étoit sur l'échelle pour descendre dans la barque; et, quand il s'y fut assis, voyant le capitaine penché sur le tableau de couronnement, il lui dit par forme d'adieu :

— Vous avez raison, capitaine Le Harnois, parfaitement raison; et je n'oublierai jamais la différence que j'ai trouvée entre *l'Alcyon* et *la Fleur-de-lis*.

Le vieux coquin parut comprendre l'équivoque, et il ne fit qu'en rire. Cependant

I. 5

la barque s'éloignoit à force de rames, et
Le Harnois, ne voulant pas être en reste
avec son passager, prit son porte-voix et
lui cria :

— Tom! ohé! Tom! Prenez garde à
vous! Quand vous serez à terre, n'allez pas retourner à vos anciens tours. Mé-
fiez-vous des portemanteaux et des vieilles
femmes. Prenez le large, et n'allez pas
dans les eaux du château de Walladmor;
car il s'y trouve un vieux dragon qui a déjà
un œil sur vous. Songez qu'il vous guette
et qu'il en a pris de plus fins que vous.
Adieu, Tom! Soyez prudent : laissez passer les vieilles femmes jusqu'à ce que vous
soyez à trente milles de Walladmor. Diable!
vous ne m'entendez plus peut-être : eh
bien, recevez ma bénédiction!

A ces mots il vida son verre, secoua les
talons du côté de la barque en signe de
mépris, et alla se rasseoir entre ses deux

barils. Ainsi se termina la courte traversée
de Bertram à bord de *la Fleur-de-lis*.

Ce qu'il y avoit de plus désagréable pour
Bertram dans les adieux polis du capitaine
Le Harnois, c'étoit que tout ce qu'il avoit
dit s'étant fait très-intelligiblement entendre
dans la barque avoit attiré sur lui l'attention de tous ceux qui s'y trouvoient, et
d'une manière peu avantageuse. La plupart rioient de tout leur cœur; au fond
de la barque étoit un homme tellement
enveloppé d'un grand manteau qu'on ne
lui voyoit pas la figure; il paroissoit dormir, mais Bertram crut s'apercevoir qu'il
rioit comme les autres. Pour sortir de la
gêne où le mettoit l'idée qu'il étoit en butte
à la risée générale, il prit son portefeuille,
et se mit à esquisser au crayon les traits
les plus intéressans de la scène qu'il avoit
sous les yeux, et qui étoit de nature à avoir
des attraits pour un observateur.

La barque fendoit une mer tranquille

sur laquelle on n'apercevoit pas même
une ride : l'eau, d'une limpidité parfaite,
réfléchissoit la teinte orangée des derniers
rayons du soleil : il avoit en face une côte
élevée et ceinte de rochers, habités par
les mouettes et les cormorans, dont des
troupes nombreuses entouroient sans cesse
la barque, attirées par les entrailles de
poisson, qu'on jetoit à la mer, en les pré-
parant pour les faire sécher. Plus loin
dans l'intérieur des terres on voyoit s'é-
lever plusieurs chaînes de montagnes, dont
les plus élevées ne sembloient être qu'un
nuage bleuâtre suspendu dans les airs :
enfin la compagnie qui se trouvoit dans
la barque, composée de matelots qui ra-
moient avec ardeur, en gilets sans manches,
de pêcheurs et de femmes de pêcheurs en
jupons rayés bleu et rouge, et occupés les
uns de leurs filets, les autres du poisson
qu'ils avoient pris, formoit le centre d'un
tableau qui offroit des groupes richement
coloriés et des formes pittoresques. Mais

ceux qui contribuoient à cette belle composition ne se doutoient guère de la part
qu'ils auroient pu réclamer dans sa beauté.
Les uns poursuivoient tranquillement leurs
occupations, les autres s'amusoient aux
dépens de Bertram, dont l'attention à son
dessin avoit donné une autre tournure
à l'humeur satirique qu'avoient excitée
les discours du capitaine Le Harnois.

Un vieillard, qui étoit assis en face de
Bertram, ôta sa pipe de sa bouche, et dit
à son voisin à demi-voix :

—Eh bien, de ma vie je n'ai vu personne qui, dans tout le cours d'un jour
d'été, ait mis tant de choses sur un morceau de papier, que ce jeune homme vient
de le faire depuis une demi-heure : le ministre et le procureur Williams ne sont
rien près de lui. Mais je vois ce que c'est.
On dit que Merlin a écrit sur ces rochers
l'histoire de tout ce qui doit arriver dans le
pays de Galles jusqu'au jour du jugement;

or s'il l'a écrit, c'est pour que quelqu'un le lise, et c'est à quoi ce jeune homme s'occupe. Voyez-vous comme il a l'œil fixé sur ces rochers, comme s'il avoit les poches pleines de marchandises de contrebande, et qu'il attendît un signal pour les débarquer? Regardez-le à présent; voyez comme il remue les doigts! on jureroit qu'il croit que la fin du monde arriveroit s'il leur donnoit un moment de relâche. Voyez, voyez donc comme il y va!

— Oui, oui, dit un autre, mais je ne crois pas qu'il écrive l'histoire de Merlin. Il est bien vrai qu'on dit que Merlin l'a écrite sur ces rochers avec le bout de son doigt, et que cependant elle y est taillée en caractères aussi profonds que s'il y avoit employé le marteau et le ciseau. Mais avant de les lire, il faudroit arracher toute la mousse qui les couvre; et cela une fois fait, ce ne seroit pas encore tout le monde qui en viendroit à bout.

— Et pourquoi cela?

— Parce qu'il n'y a que le septième fils d'un septième fils qui en ait reçu le don, encore n'est-ce qu'au clair de la lune.

— C'est possible; mais quant à lire et à écrire, je ne vois pas quel grand bien cela fait. Seigneur! quand je pense à tout ce beau monde qui arrive l'été comme un banc de harengs pour monter sur le Tany-Bwlch et le Festiniog! J'ai conduit moi-même une vingtaine de ces compagnies à Pontaber-Glasllyn. Eh bien! que croyez-vous qu'on puisse écrire à propos d'un gros caillou et d'une mare d'eau? Et cependant dès que ces gens de qualité y étoient arrivés, les voilà qui levoient les bras et les yeux vers le ciel, et qui se regardoient les uns les autres comme s'ils avoient vu une merveille. C'en étoit une pour moi que de les voir.

— Je le crois bien, ma foi.

— Attendez, vous n'êtes pas au bout.
Alors, les voilà qui s'asseyent par terre,
les jeunes gens tenant des parasoles sur la
tête des dames; et puis ils prennent leurs
livres, et voilà leurs doigts aussi occupés
que le seroient ceux d'une douzaine de
joueurs de harpes jouant *Morfa Rhud-
dlam*. J'en ai vu qui restoient autant de
temps qu'il m'en faudroit pour faire deux
milles, les yeux fixés sur la chaumière de
la veuve Davis, qu'on peut à peine voir,
attendu le lierre qui la couvre, comme si
c'étoit un bâtiment semblable au château
d'Harlech ou à celui de Walladmor. Sur
ma foi, il faudra que je leur demande,
quelqu'un de ces étés, ce qu'ils y voient
de si curieux; car, comme la veuve Davis
me le disoit un jour, je ne sais ce qu'ils
cherchent en dehors, puisque je n'ai jamais pu rien trouver en dedans.

— Et quand ils ont rempli leur papier,
qu'est-ce qu'ils en font ?

— Ce n'est pas moi qui suis en état de vous le dire ; car il me semble bien clair que tout ce qu'on peut écrire sur une fontaine ne fera jamais passer la soif à personne; et l'on auroit beau mettre sur du papier la mer tout entière, on n'y pêcheroit jamais un hareng.

La barque entroit alors dans une crique étroite, où une petite rivière descendant des montagnes portoit ses eaux. On l'arrêta près du rivage, un batelier l'amarra, et tout ce qui étoit à bord sauta à terre, à l'exception de Bertram, qui contemploit avec distraction la longue chaîne de montagnes entre lesquelles couloit la rivière. Il en fut tiré par la voix du vieux pêcheur, à qui la barque appartenoit, qui lui demanda d'un ton sec s'il avoit dessein de se remettre en mer pour donner la chasse au capitaine Le Harnois. Il regarda autour de lui, et vit avec surprise qu'il étoit seul, et que tous ses compagnons étoient déjà dispersés de côté et d'autre. On avoit complétement déchargé la barque ; on en avoit même emporté son portemanteau, et on l'avoit placé sur une grosse pierre près du bord de l'eau.

Bertram monta sur le rivage ; et, ayant payé au vieux pêcheur le prix dont il étoit convenu pour son passage, maintenant, mon cher ami, lui dit-il, j'ai une question à vous faire, et vous m'obligerez beaucoup en y répondant, car je suis étranger dans ce canton. Quelle est la ville la plus voisine ? De quel côté est-elle située ? A quelle distance est-elle d'ici ? et quel est le chemin le plus court pour s'y rendre ?

— Vous appelez cela une question ? il me semble que, de bon compte, en voilà quatre. Mais n'importe, comme vous êtes étranger, je n'y regarderai pas de si près, et trois courtes réponses suffiront pour vous satisfaire. La ville la plus voisine est Machynleth ; elle est à quinze milles d'ici ; et vous ne pouvez manquer d'y arriver, si vous suivez toujours votre nez, en côtoyant cette rivière, jusqu'à ce que vous ayez traversé les gorges de ces montagnes.

— Je vous remercie, l'ami. Mais connoîtriez-vous quelqu'un qui pût me servir de guide et porter mon portemanteau ?

— Oui sans doute, je connois trois personnes qui en sont fort en état.

— Et où sont elles?

— Il y en a deux qui sont avec le capitaine Le Harnois, et l'autre....

— Et l'autre?

— Est à Machynleth; et à l'heure qu'il est je garantis qu'il est ivre mort.

— Et à quoi peuvent me servir ces trois dignes personnages?

—Ma foi, c'est ce que je ne saurois vous dire; mais vous êtes un savant, et vous le découvrirez peut-être.

A ces mots le vieux pêcheur s'en alla en

riant, et Bertram, voyant qu'il ne pourroit en obtenir d'autres renseignemens, mit
son portemanteau sur son épaule, et partit
en suivant le cours de la rivière.

~~~~~~

CHAPITRE V.

« Si ce n'est pas question incivile,
Où logez-vous ? — Dans une grande ville,
Comptant au moins douze cents habitans;
Dans un faubourg peuplé d'honnêtes gens,
Car les voleurs y font leur résidence.
Pour s'y montrer, il faut, en conscience,
Etre du moins soit escroc, soit filou. »

CHAUCER.

BERTRAM se trouvoit alors dans une position un peu embarrassante. Il étoit seul,
ne connoissoit nullement le pays; le soleil
venoit de se coucher, et il avoit à traverser
un labyrinthe formé par des montagnes,
et qui pouvoit l'exposer à plus d'un danger.

L'expérience qu'il avoit acquise à bord de *la Fleur-de-lis* lui avoit appris que les côtes de ce pays étoient peuplées de contrebandiers, espèce de gens dont la rencontre n'est pas toujours agréable pour un voyageur isolé. Enfin devant lui s'étendoit une région montagneuse, où il trouveroit probablement plus de torrens et de précipices que d'habitations humaines. Il falloit pourtant qu'il marchât jusqu'à ce qu'il arrivât à quelque maison où il pût passer la nuit, et d'après tout ce qu'il avoit lu et entendu dire de l'Angleterre, il avoit un double motif pour craindre de ne pas recevoir un accueil très-hospitalier, d'abord parce qu'il voyageoit à pied, ensuite parce qu'il portoit lui-même son portemanteau.

Il se mit pourtant en marche avec courage, et avança quelque temps sans beaucoup de difficulté. Le sentier suivoit les bords de la petite rivière, s'en écartoit quelquefois, mais ne manquoit jamais d'y re-

venir bientôt. Tant qu'il continua à traverser une prairie qui séparoit la mer des
montagnes, nul obstacle ne l'arrêta, le peu
de lumière qui restoit n'étant pas interceptée
et se réfléchissant sur les eaux de la rivière.
Mais, lorsqu'il fut arrivé au pied des montagnes, et qu'il vit le ruisseau se jeter dans
un ravin, il s'arrêta sans savoir quel parti
prendre. Jetant les yeux du côté du rivage,
qui étoit à l'ouest, il vit que les dernières
couleurs qui ornent le coucher du soleil
avoient déjà disparu, et qu'un voile solennel
d'obscurité tomboit du firmament sur la
mer. A peine pouvoit-il encore distinguer
l'Océan ; et les ténèbres du chaos sembloient répandues dans les défilés étroits
des montagnes où il alloit entrer. Il ne pouvoit douter qu'il n'en eût plusieurs à gravir,
car le sentier qu'il suivoit commençoit déjà
à monter, et il étoit possible que le chemin
devînt difficile et dangereux, car il entendoit le bruit de plusieurs torrens que le
silence de la nuit rendoit encore plus ef-

frayant. Pas la moindre clarté, produite par une lumière ou par un feu allumé dans quelque chaumière, n'annonçoit la proximité de créatures de son espèce. Il poussa de grands cris, personne n'y répondit ; enfin, il s'assit pour délibérer sur sa situation.

En ce moment, il crut entendre une voix humaine à peu de distance de lui, il regarda de tous côtés ; mais il étoit impossible de distinguer les objets à plus de cinq ou six pas ; et, comme il s'étoit retourné plusieurs fois en venant de la mer, qu'il n'avoit vu personne, et que d'ailleurs il avoit marché très-vite, il crut qu'il étoit impossible que quelqu'un l'eût suivi, et il fut porté à croire que ses oreilles l'avoient trompé. Cependant la minute d'ensuite il entendit encore le même bruit, celui que feroit un homme en se parlant à lui - même à voix basse. Il se leva et fit quelques pas en avant.

L'instant d'après, il entendit retentir sur la terre gelée le bruit des pas de quelqu'un qui sembloit marcher vite et pesamment, et, avant qu'il eût eu le temps de recueillir ses idées, il sentit une main lui frapper sur l'épaule, et entendit une voix forte, mais retenue, qui lui disoit : — Halte là !

Il ne lui restoit d'autre alternative que de faire face au danger. Il s'arrêta donc, se retourna sur-le-champ, et vit un homme dont la mise ne prévenoit pas en sa faveur, autant qu'il pouvoit en juger dans l'obscurité. Il étoit couvert d'un grand manteau, portoit un chapeau à larges bords, et avoit en mains un gros bâton. Malgré le désir qu'il avoit eu de se procurer un guide, il ne put se féliciter d'une rencontre qui promettoit si peu. Le costume de cet étranger et son abord peu cérémonieux lui parurent aussi suspects que son arrivée imprévue, et il fut convaincu que cet homme l'avoit suivi dans quelque mauvais

5*

dessein. Cependant, s'armant de tout le
sang-froid qu'il put appeler à son secours,
il lui dit à haute voix :

— Pourquoi n'avez-vous pas répondu
quand j'ai crié, il n'y a que quelques instans? Ne m'avez-vous pas entendu ?

— Si, je vous ai entendu ! répondit l'é-
tranger, à voix basse, mais d'un ton
ferme ; oui sans doute, je ne vous ai que
trop entendu. Quel homme de bon sens
crieroit ainsi la nuit, sur une route de
traverse, dans un pays rempli de contrebandiers, comme s'il vouloit éveiller
tous les chiens et tous les agens de police
des environs ?

— Quel homme? Quiconque a une bonne
conscience..... Quelle différence la nuit
peut-elle y faire?

— Sans doute, quiconque a une bonne
conscience, mais croyez-moi, l'ami,
l'homme qui débarque du brick de Jackson

a de bonnes raisons pour passer son chemin tranquillement, sans faire beaucoup de bruit de sa conscience. En ce pays, on s'inquiète fort peu de ce qu'un homme peut dire de lui-même; et j'ai connu bien des braves gens qui ont continué à faire leur éloge jusqu'au pied de l'échelle, ce qui n'empêcha pas que Jack Ketch (1) ne les priât d'y monter ; uniquement faute d'une petite formalité, par ce qu'ils ne pouvoient trouver deux témoins dignes de foi qui parlassent comme eux.

— Cela est possible ; mais dans aucun pays on ne condamne un homme sans prouver qu'il se soit rendu coupable de quelque contravention aux lois : jusque là, il est présumé innocent, et tout juge doit agir d'après cette présomption.

— Cela peut être vrai dans les livres ;

---

(1) Nom qu'on donne en Angleterre à l'exécuteur des hautes œuvres.   (*Note du trad.*)

mais, quand un feu roulant d'interroga-
toires sort de dessous quelque grosse perruque ; qu'on a le sang échauffé, et qu'on
ne peut se rappeler parfaitement tout ce
qu'on a déjà dit , je ne sais comment cela
se fait , mais il arrive souvent que les choses
prennent une tournure toute différente.

— J'ai pour principe d'éviter toute occasion , toute tentation de mal faire , et en
agissant ainsi, on peut conduire sa barque
en sûreté dans toutes les mers.

— Vous le croyez? Peut-être oui , peut-
être non. Il existe des écueils cachés sous
les eaux , et il n'est pas toujours aussi facile
que vous le pensez , de les éviter. Les
constables, par exemple , les juges de paix,
les hommes de loi , les jurés.

— Je n'ai aucune raison pour les craindre. Mais comment savez – vous que je
viens de débarquer du navire dont vous
nommez le capitaine Jackson?

— Pour vous confier un secret, c'est
que j'étois étendu au fond de la barque,
tandis que vous vous occupiez plus savam-
ment, votre portefeuille en main; mais
chut! j'entends du bruit!

Il s'arrêta tout-à-coup, et regarda autour de lui avec un air d'inquiétude.

— Je crois que je me suis trompé, ajou-
ta-t-il, nous pouvons continuer à marcher;
mais parlons plus bas : dans ce maudit
temps, toute pierre a des oreilles. Il y
a un gué ici; il faut que nous traversions
le ruisseau, et que nous doublions ensuite
ce rocher sur la gauche.

Après avoir passé la petite rivière, il
s'arrêta encore un instant, laissa Bertram
s'avancer de quelques pas, et lui demanda
ensuite s'il ne voyoit personne. Bertram
lui ayant répondu négativement, il se remit en marche, et lui dit, dès qu'il l'eut
rejoint :

— Vous allez à Machynleth, et vous dé-
siriez avoir un guide pour vous y conduire,
et porter votre portemanteau. Je suis disposé à vous rendre ce double service, et
à bon marché ; car tout ce que je vous demande en retour, c'est de me faire passer
pour un domestique que vous avez amené
de pays étranger, si par hasard nous ren-
controns, chemin faisant, quelqu'un qui
nous fasse des questions impertinentes.
Qu'en dites - vous ? Est - ce un marché
conclu ?

— Mon bon ami, vous devez convenir
que, malgré tout le respect que doit m'in-
spirer pour vous la courte conversation que
nous venons d'avoir, elle n'est pas faite
pour me donner une grande idée de
votre moralité ; et vous conviendrez vous-
même que je ne pourrois confier à vos
soins mon portemanteau, sans courir quelque petit risque ; car je ne vous connois
pas, et pendant que je tournerois la tête

tout ce qui m'appartient pourroit disparoître avec vous, et dans ce cas j'aurois
certainement trouvé un écueil caché sous
les eaux ! L'épreuve ne seroit pas sans risque,
avouez-le franchement.

— Non, sur ma foi ; je n'en conviens
nullement ; et, si vous n'avez pas d'autre
objection, je vais vous convaincre en un
moment que vous avez tort. Examinez-
moi bien ; les étoiles donnent un peu de
clarté. Peut-être vous reconnoîtrez que j'ai
l'air plus robuste et plus vigoureux que
vous ?

— Sans contredit.

— Et ce gros bâton me donneroit probablement quelque avantage contre un
homme sans armes ?

— Je dois en convenir.

— Et, comme vous n'avez pas une grande
idée de ma moralité, je puis ajouter qu'en
me servant du couteau bien affilé que voici,

il ne me seroit pas très-difficile de vous
couper la gorge ; après quoi je pourrois
vous jeter dans un de ces ravins profonds,
où le hasard feroit peut-être trouver, dans
quelques semaines ou dans quelques mois,
le corps d'un inconnu auquel personne ne
prendroit intérêt. Mes argumens sont-ils
justes? Vous paroissent-ils satisfaisans?
Qu'en pensez-vous?

— Je dois avouer qu'il y a beaucoup de
force dans votre logique. Mais permettez-
moi de vous demander quel motif peut
vous engager à me conduire et à vous
charger de mon portemanteau jusqu'à Machynleth, sans exiger aucun salaire? Cette
offre est trop désintéressée pour ne pas paroître un peu suspecte.

— Elle ne l'est pas autant que vous
pouvez le croire. Supposez que j'aie laissé
derrière moi quelques dettes dans ce pays ;
que je sois un étranger sans passe-port ;
que . . . en un mot faites toutes les sup-

positions qu'il vous plaira: seulement gardez-les pour vous seul, et ayez soin de parler le plus bas qu'il vous sera possible.

— Soit ! voici mon portemanteau. Prenez garde surtout de laisser échapper le portefeuille placé sous la courroie.

L'étranger jeta le portemanteau sur son épaule, et tous deux s'avancèrent dans le défilé d'un pas rapide. Ils firent quelques milles en silence, et Bertram, abandonné à ses réflexions, retomba dans ses premiers soupçons. Si l'étranger avoit l'avance sur lui de quelques pas, il craignoit qu'il ne voulût s'enfuir avec le portemanteau; et s'il restoit un peu en arrière, il pensoit que ce pouvoit être pour se cacher dans l'obscurité. En un mot il ne pouvoit se débarrasser de ses inquiétudes. Tout ce que cet homme lui avoit dit contribuoit à le lui faire paroître suspect, et ce qui le lui rendit encore davantage, ce fut de

I   6

remarquer, lorsque la conversation se fut
ranimée, que cet homme varioit son style
à chaque instant. En général il mêloit à
ses discours beaucoup de termes techniques
le marine, comme pour faire croire que
s'étoit sa profession, et il affectoit un ac-
cent provincial; mais, quand il étoit ému
par quelque passion, quand il déclamoit
avec aigreur contre les institutions humaines, son ton plus relevé et ses ex-
pressions plus choisies prouvoient qu'il
avoit vécu dans une société d'un rang plus
élevé. Dans tous les cas il étoit évident
qu'il dissimuloit, et qu'il se couvroit d'un
masque qui n'annonçoit pas de bons des-
seins. En dépit de toutes ces réflexions, et
malgré la méfiance que lui inspiroit cet individu, Bertram ne pouvoit s'empêcher de
prendre à lui un certain intérêt, soit par
compassion pour un homme qui paroissoit
avoir éprouvé des infortunes, soit par un
sentiment plus secret qu'il n'auroit pu s'expliquer à lui-même.

La route tournoit alors autour d'une montagne, et l'étranger montra à Bertram, sur la gauche, quelques lumières qui brilloient au milieu de ténèbres universelles.

—Voilà Machynleth, lui dit-il, si ce doit être votre destination. Mais si vous avez dessein d'aller plus loin, je puis vous montrer un chemin qui tourne autour de la ville.

—Il est déjà tard, et il fait très-froid. Pour quelle raison éviterois-je d'entrer dans Machynleth?

—Oh! chacun a ses raisons et ses idées, et en général on fait bien de les garder pour soi autant que possible. Que personne ne demande à un autre son nom, son rang, d'où il vient, où il va, ni pourquoi il voyage; et si quelqu'un est assez curieux pour faire de pareilles questions, qu'on ne lui réponde pas. Car tous ces petits détails peuvent paroître sous de mauvaises couleurs dans une cour de justice, quand il arrive qu'un homme est obligé de rendre témoignage contre un pauvre diable qui du moins ne lui a fait aucun mal.

— Cela est possible; mais il y a encore d'autres raisons qui doivent empêcher un voyageur prudent de répondre à de pareilles questions. Comment peut-il savoir dans quel lieu écarté il peut rencontrer le lendemain le questionneur curieux? Vous me répondrez peut-être que de pareilles précautions ne sont pas bien nécessaires pour un homme chargé d'aussi peu de bagage que je le suis.

—Comme vous le dites, répondit l'étranger en riant; c'est la vérité; oui cela n'est que trop vrai. Il me paroît que vous connoissez passablement le train du monde. Malgré tout cela, mon avis seroit que vous évitassiez la ville de Machynleth.

—Et pourquoi cela? Est-ce un repaire de voleurs?

—Oh! pas du tout, tout au contraire. Les habitans en sont fort scrupuleux, fort honnêtes, trop honnêtes même. Vous comprenez?

—Non vraiment. Pourquoi éviter une ville où il règne de tels principes de vertu?

— Pourquoi? pour cela même. Parce qu'il y règne un excès de vertu qui est déraisonnable. Par exemple, il y a dans le voisinage un certain magistrat qui fait pendre ses douze hommes tous les ans. Et pourquoi, s'il vous plaît? parce qu'ils ont le malheur d'avoir le sang plus chaud que le sien. Il a des lévriers pour les suivre à la piste, des espions pour les faire jaser et les trahir. Toutes les vieilles femmes disent qu'il lit dans les astres, ou dans le marc de café, sur quelle partie de la côte quelques marchandises de contrebande doivent débarquer.

— Vous voulez faire le plaisant. Pour qui me prenez-vous donc?

L'étranger fit un mouvement subit pour se tourner vers lui, lui prit la main, la serra; mais, voyant que Bertram ne lui rendoit pas cette étreinte amicale, il se mit à rire, et lui dit d'un ton expressif et avec un sérieux comique :

— Pour qui je vous prends? pour un homme aussi honorable, aussi respectable qu'aucun de ceux qui..... qui aient jamais fréquenté les grands chemins pendant la nuit. Vous arrivez de pays étranger; vous aviez lu, étant au collége, des choses magnifiques sur ce fameux royaume d'Angleterre et ses riches habitans, et désirant donner de la réalité à vos visions, vous ne vous êtes pas laissé effrayer par la distance. Comme vous êtes encore jeune, je pense que cela vous fait quelque honneur.

— Eh bien, Monsieur, eh bien?

— Avant de partir de chez vous, vous aviez vidé votre bourse, ou, si vous le préférez, des joueurs, des escrocs, des chevaliers d'industrie, vous l'avoient vidée. Au surplus, elle étoit vide, n'importe comment; car il y a bien des manières de vider une bourse, et vous voici arrivé dans la vieille Angleterre, pour chercher les moyens de la remplir. Rien de mieux. Celui qui perd son argent à un jeu doit essayer de le regagner à un autre; et c'est ce qui est assez facile en ce pays. L'un épouse une riche héritière, l'autre fait la cour aux vieilles femmes et se fait coucher sur leur testament; celui-ci se fait charlatan, celui-là joue l'enthousiasme et ouvre une chapelle. Mais le meilleur moyen est de se mettre dans le commerce, de faire banqueroute, d'être notoirement ruiné, et alors on est sur le grand chemin de la fortune.

— Ainsi donc, vous me prenez véritablement pour un aventurier, pour un coureur de fortune.

— Oh, Monsieur! à Dieu ne plaise que je prenne quelqu'un pour ce qu'il ne lui plaît pas d'être, ou que je lui donne un nom qu'il ne lui convient pas de porter! Et cependant il me semble que le dernier nom que vous venez de prononcer n'a rien d'incivil, car je crois que tout le monde court après la fortune. Quelques-uns dirigent leur course par des sentiers fleuris où ils trouvent peu de risque et beaucoup de profit; mais il en est d'autres.. Ici il changea de ton tout à coup, et s'exprima avec véhémence. — Il en est d'autres qui pour un modique profit, courent sur le bord des précipices; qui préfèrent s'exposer à une lutte interminable, et abandonner au hasard toutes leurs espérances, plutôt que de s'avilir en rampant bassement dans la fange aux pieds des idoles du jour; ceux-là, en voyant de misérables hypocrites, bien faux, bien lâches, commettre impunément des crimes, à l'ombre des actes du Parlement, qui par conséquent les protége, ne se proposent d'autre but dans leurs travaux et leurs dangers, que de pouvoir les....

Il n'acheva pas la phrase, mais il remplit cette lacune par un geste expressif qui rendoit toute explication inutile. Cette conversation ne plaisant nullement à Bertram, il en interrompit le cours, en parlant lui-même d'un sujet dont il avoit déjà été question.

— Je suis venu dans le pays de Galles, dit-il, par suite de l'intérêt que je prends à ses traditions, à ses antiquités et à sa littérature. Les monumens ruinés d'un peuple si ancien, qui a si long-temps et si héroïquement maintenu son indépendance contre des ennemis si redoutables, offrent un attrait puissant à mon esprit, quand ils se lient à de grands souvenirs historiques.

Cès admirables restes de l'architecture des anciens temps, les châteaux d'Aberconway, de Carnarvon, d'Harlech, de Killgarran.....

Oui, et de Walladmor, dit son compagnon en riant.

— Sans doute, de Walladmor; et beaucoup d'autres encore ont le plus grand intérêt pour celui qui est familier avec leur histoire. Tous les lieux qui se rattachent à la mémoire et à l'histoire à demi fabuleuse du roi Arthur; ceux qui sont ennoblis par les fictions des anciens romanciers normands et anglais, ou qui ont été célébrés par les chants des bardes du pays...

L'étranger l'interrompit, et lui dit en riant :

—Je les connois tous : il y a le fort d'Arthur à Cairwarnach, la Table d'Arthur, la Chaise d'Arthur, la rivière d'Arthur à

Drumwaller, qu'il passa à gué sans se mouiller le pied, et des châteaux ruinés par vingtaines dans tous ces environs.

— Et sans doute vous avez eu beaucoup de plaisir à visiter ces restes vénérables des siècles passés ?

— Du plaisir, sans doute j'en ai eu. J'ai aidé à vider plus d'un baril de bonne eau-de-vie au milieu de ces vieilles ruines.

— D'eau-de-vie ! répéta Bertram avec dédain.

—Oui d'eau-de-vie, de vrai Cognac, meilleur que le roi Arthur n'en a jamais bu ; j'en ferois serment au besoin. Je crois qu'il auroit vendu son sceptre pour en avoir une douzaine, et sir Gauvain auroit fait le saut du tremplin pour en avoir une pinte. Que de joyeuses parties nocturnes ces vieilles murailles ont vues quand j'étois un peu plus jeune ; comme elles ont dû être surprises de retentir des sons de notre gaîté! Nous y faisions un tel tapage que je m'attendois toujours à voir le vieux Merlin sortir de quelque souterrain pour nous chercher querelle.

— Il est très-vrai que la nuit est quelquefois le temps le plus favorable pour voir ces anciens monumens. Le clair de lune semble ajouter au respect qu'ils inspirent ; la lumière et les ombres produisent alors un effet plus imposant. Les compagnies dont vous parlez se composoient sans doute de voyageurs, et vous leur serviez peut-être de guide ?

— De voyageurs ? Oui, de voyageurs d'une espèce curieuse, et j'étois moi même un guide non moins curieux. Sur ma foi, j'aurois voulu que vous vissiez comme je leur faisois gravir et descendre les montagnes, sauter les haies et les fossés ; je les menois un train de poste ; et un voyageur au-dessus de vingt-cinq ans auroit eu grande peine à nous suivre. Mais, puisque tel est le motif de votre voyage en ce pays, je suppose que vous serez charmé de voir quelques vieux restes d'églises, d'abbayes, de châteaux ; vous y trouverez de quoi rassasier votre amour pour le pittoresque, des piliers renversés et de vieilles murailles menaçant de tomber, du lierre et des orties, des hiboux et des chatshuants.

— J'ai certainement dessein de voir tout ce qui peut être intéressant en ce genre, et l'on m'a dit que le pays de Galles possède un grand nombre de richesses de cette espèce. J'en ai vu quelques gravures, et j'y ai remarqué tout ce dont vous venez de parler.

— Avez-vous jamais vu une gravure de Griffith ap Gauvon ? Comme vous lèveriez les bras si vous voyiez ces ruines qui sont situées à vingt milles de Machynleth, dans les ravins à l'orient du Snowdon ! Elles s'é-

lèvent majestueusement sur le pic nu de
plusieurs rochers, que des arches, placées
au-dessus de précipices sans fond, unis-
sent les uns aux autres. Si vous les regardez
d'en bas, par un beau clair de lune, les
immenses colonnes de pierre blanche qui
subsistent encore vous paroîtront comme
des bougies régulièrement rangées; et si
vous y montez, et que vous jetiez les yeux
sur les abîmes qui vous entourent, vous
sentirez des vertiges, et ce sera un grand
bonheur si vous ne vous y laissez pas tomber.

— Je vous assure que votre description
m'en donne déjà.

— Et cependant ce n'est pas le moment d'en avoir, car nous sommes en cet
instant sur un sentier fort étroit, bordé
de chaque côté par un précipice. Prenez
mon bras. Bien! il fait noir comme dans
un four, et il seroit dangereux de trébu-
cher. Tournez à droite maintenant, et

faites attention que le sentier monte et devient escarpé.

Ils marchèrent encore environ une demi-heure, et arrivèrent enfin à Machynleth. A peine y étoient-ils entrés que l'étranger s'arrêta, et dit à Bertram :

— Nous voilà au but de notre voyage, et me voici hors de service. Nous sommes devant la porte des armes de Walladmor, et c'est bien certainement la meilleure auberge de la ville, car il n'y en a pas d'autre.

Si quelque lecteur, dans le printemps de sa vie, ou dans le printemps de l'année, a jamais voyagé à pied dans les montagnes de l'ouest ou du nord de la Grande-Bretagne, il concevra ce qui se passoit en ce moment dans l'esprit de Bertram. Il se livroit avec délices à l'idée de jouir d'un repos délicieux ; après toutes les fatigues qu'il avoit essuyées depuis trois jours, mais il n'étoit pas sans inquiétude sur l'accueil

que sa qualité d'humble piéton pourroit
lui procurer. La lumière d'une lampe,
placée au-dessus de la porte de l'auberge,
fut peut-être cause que l'étranger s'aperçut du travail de l'imagination du voyageur à qui il avoit servi de guide; car il le
tira par le bras, le prit à l'écart, et lui dit
à demi-voix :

— Un mot d'avis, avant que nous nous
séparions ; car le serviteur peut se permettre de donner un conseil à son maître,
à l'instant où il quitte son service. Le
maître de cette maison n'est pas un de ces
aubergistes qui se piquent de courtoisie,
et soit dit avec toute soumission, vous n'êtes
pas un de ces voyageurs qui arrivent dans
une chaise de poste atelée de quatre chevaux, ou même dans une modeste diligence.
Le piéton n'obtient pas beaucoup de considération en Angleterre, et surtout quand
il choisit l'hiver pour voyager. Tout cela
bien pesé, si vous demandiez en arrivant

un appartement pour y passer la nuit, il y a dix contre un que vous n'en n'obtiendriez pas, quand même la maison seroit aussi vide que les deux écailles d'une huître que vous venez de manger, et le bruit infernal qu'on y entend annonce qu'elle est passablement pleine. Faites donc ce que je vais vous dire. Dès que vous y serez entré, demandez de l'ale, du porter, du vin, un bon souper. Chaque chose que vous demanderez sera un rayon de soleil qui contribuera à fondre la glace dont le cœur de l'hôte est entouré. Prenez-vous-y de toute autre manière, et je ne réponds pas que vous ne couchiez dans la rue.

L'inconnu partit sans attendre de réponse. Bien déterminé à suivre cet avis, Bertram s'avança vers l'auberge, en ouvrit la porte, et fit sa première apparition sur ce fameux théâtre de tous les romanciers, une auberge d'Angleterre.

6*

~~~~~~

CHAPITRE VI.

« Voilà une honorable compagnie! »
SHAKSPEARE.

LA salle dans laquelle Bertram entra
étoit plus spacieuse qu'il ne se le seroit
imaginé ; mais, quelque spacieuse qu'elle
fût, à peine paroissoit-elle suffire pour la
compagnie nombreuse et mélangée qui
l'occupoit. Une grande affiche manuscrite,
placée dans l'endroit le plus apparent, annonçoit en grandes lettres une représenta-

tion de *Venise sauvée* pour ce soir. Il étoit
dix heures et demie, et le spectacle étoit
terminé; mais les nobles Vénitiens, dans
toute la dignité de leur costume, étoient
dispersés de divers côtés, tandis que les
actrices changeoient de toilette derrière un
rideau placé dans un coin de la salle, ré-
servé pour leur servir de foyer. Près de
la cheminée, sur une petite plate-forme,
entourée d'une grille en bois, étoient quelques bons vivans, à demi cachés sous un
nuage de fumée, produit par leurs pipes.
Cependant, en avançant quelques pas,
Bertram réussit à les distinguer.

Celui qui étoit le plus près de la cheminée étoit un gros Hollandais, dont les
yeux réfléchis suivoient avec attention
chaque bouffée de fumée qui sortoit de sa
bouche, et qui, en la voyant se séparer ou se
réunir à celle qui l'avoit précédée, faisoit
probablement quelque opération arithmé-
tique de division ou d'addition. Son œil

terne prouvoit qu'il oublioit totalement
tout ce qui se passoit autour de lui. Deux
critiques qui discutoient à sa droite le mérite relatif d'une actrice ; et deux politiques
placés derrière lui, dissertant et spéculant
sur les bills de l'échiquier et les fonds publics, ne le troubloient pas plus dans ses
méditations que deux autres individus sérieusement occupés en face de lui.

Ces deux personnages étoient l'aubergiste et le directeur de la troupe de comédiens, je veux dire d'artistes dramatiques,
qui étoient aussi en discussion sur un point
de finance, intéressant pour eux, quoiqu'il
ne fût pas d'un intérêt général. Le pauvre
directeur à visage maigre, à nez pointu,
sembloit opposé au gros Hollandais,
comme un pôle l'est à l'autre, et il suoit
sang et eau en cherchant à force de cal-
culs à établir une sorte de balance entre
la recette de la soirée et la dépense de la
journée, ce qui paroissoit n'être pas une

petite affaire. L'aubergiste, grand gaillard, vigoureux et gros à proportion, venoit de lui présenter son mémoire, et pendant que le directeur l'examinoit la tête courbée, il avoit le corps penché sur lui et les deux mains appuyées sur la table, de sorte qu'il sembloit le tenir en prison entre ses bras étendus ; et, à chaque mouvement que faisoit son antagoniste pour lui demander quelque explication, il avançoit la tête d'un côté pour lui faire face, comme un chien d'arrêt devant un lièvre.

Plus près de Bertram étoit un homme que son nez aquilin, ses yeux vifs, ses cheveux noirs et son teint brun faisoient reconnoître pour un Français ; il s'occupoit à faire le portrait d'une actrice, tout en faisant des complimens et des grimaces à deux autres.

Un peu plus loin, et à quelque distance du Hollandais, étoit un homme âgé, de

petite taille, ayant un habit gris rapé, des
bottes et un chapeau blanc; de même que
le Hollandais, il ne faisoit aucune attention
à la compagnie, ne prenoit aucun intérêt
à ce qui s'y passoit, et ne songeoit qu'à
profiter de la chaleur du feu; mais chez
lui c'étoit affectation, au lieu que l'in-
différence du Hollandais étoit si naturelle,
qu'un enfant auroit pu voir qu'il n'étoit véritablement occupé que des festons que formoit la fumée de sa pipe. Sa paix d'esprit
ne sembloit troublée, que lorsque cette
draperie aérienne étoit trop légère, et alors
il redoubloit d'efforts pour s'environner de
nouvelles vapeurs, après quoi il reprenoit
toute sa sérénité.

Quant au chapeau blanc, il avoit recours
à tant de manœuvres pour déguiser l'intérêt qu'il prenoit à la conversation, recu-
lant sa chaise si quelqu'un venoit s'asseoir
près de lui, détournant la tête avec affectation si deux personnes causoient à demi-

voix à portée de son oreille, baissant les
yeux dès que celui sur qui il les fixoit sembloit s'en apercevoir, qu'il étoit évident
que personne dans la salle n'étoit si atten-
tif à tout ce qui s'y passoit. Il avoit aussi
pris une pipe, sans doute pour mieux exprimer l'état d'abstraction dans lequel il
vouloit paroître; mais ses efforts ressem-
blóient à ceux d'un asthmatique, et il ne
produisoit qu'une foible vapeur presque
imperceptible, au milieu des nuages
épais du Hollandais. Il tenoit en main
un journal qu'il avoit l'air de lire,
quoiqu'il eût toujours les yeux fixés sur
le même endroit, comme s'il eût eu
besoin d'en épeler chaque mot, se don-
nant toute cette peine pour convaincre
ceux qui le voyoient qu'il ne faisoit pas
la moindre attention à ce qu'il lisoit.

Tels étoient les personnages les plus remarquables de la compagnie dont Bertram
faisoit alors partie. N'oubliant pas l'avis de

son guide, il demanda une bouteille de
vin à haute voix et d'un ton imposant.
A cette demande, l'aubergiste se retourna
sur-le-champ, et par ce mouvement rendit
la liberté au pauvre directeur. Tous deux
regardèrent Bertram d'un air de surprise;
le Français jeta sur lui un seul coup d'œil
et reprit son pinceau; le chapeau blanc
lui-même fut pris par surprise, et fit un
quart de conversion sur sa chaise pour le
voir en face, mais il reprit sur-le-champ
sa première position, non sans quelque
indignation contre lui-même de s'être
laissé allé à un premier mouvement. En
un mot il n'y eut personne dans la salle, à
l'exception du Hollandais, qui ne tournât
les yeux sur Bertram. Un silence général
s'ensuivit, et l'aubergiste, après l'avoir
toisé de la tête aux pieds, lui dit enfin :

— A-t-on mis votre cheval à l'écurie,
Monsieur?

— Je suis venu à pied, répondit Bertram.

— Il est bien tard pour voyager à pied, reprit notre hôte ; et d'où arrivez-vous, s'il vous plaît ?

— Du bord de la mer, dit Bertram ; il étoit environ cinq heures quand j'ai débarqué.

Après quelques autres questions, l'hôte parut satisfait, et s'écria d'une voix de maître : — Jenny ! une bouteille de vin à monsieur ! La conversation générale, qui avoit été interrompue par le dialogue entre l'aubergiste et le nouvel arrivé, se renoua alors de tous côtés, et Bertram chercha une place où il pût s'asseoir commodément.

Quelques philosophes assurent que si Timon d'Athènes lui-même, après avoir fait quinze milles dans les ténèbres, exposé à la rigueur du froid pendant une nuit d'hiver succédant à une journée de fatigue s'étoit trouvé tout à coup près d'un bon feu,

I   7

le verre à la main, en nombreuse compagnie, il auroit oublié un instant sa misanthropie, et auroit volontiers pris part à la conversation. Telle étoit probablement en cet instant la disposition d'esprit de Bertram, et en ce cas il fit un choix malheureux en prenant la place qui étoit vacante à la gauche du Hollandais.

— Je m'aperçois que vous avez eu spectacle ce soir, lui dit-il.

Sans quitter un instant sa pipe, Minheer lui répondit : — Assez probable ; j'avoir été dit que des comédiens être ici.

Sans se déconcerter Bertram se tourna vers son autre voisin, qui étoit le chapeau blanc, et lui demanda s'il avoit assisté au spectacle.

— Moi ! répondit-il avec indignation, moi, m'occuper de pareilles fadaises, quand notre pauvre pays est ruiné et manque de pain !

— Fadaises, M. Dulberry! s'écria le
directeur, quoi! *Venise sauvée!*

— Venise sauvée ou Venise perdue,
que m'importe? C'est une pièce de théâtre, n'est-ce pas? Ne nous fait-on pas déjà
payer assez de taxes pour soutenir des bi-
bliothèques et des musées, pour acheter
des manuscrits d'Herculanum et les mar-
bres d'Elgin? Je m'attends à voir un de
ces jours le gouvernement nous imposer
une capitation pour les théâtres.

— Pauvre *Venise sauvée!* dit le directeur en soupirant, de manière ou d'autre
elle a toujours quelques ennemis. Dans les
temps de paix et de tranquillité, on la
laisse se reposer. Vient-il un moment de
fermentation politique, le public la demande à grands cris; le théâtre est plein
tous les soirs; les partisans de la liberté
élèvent un nuage de poussière à force de
battre des pieds; on saisit toutes les allu-

sions; et quant aux acteurs, ils n'ont pas besoin de faire de grands efforts; quelque mal qu'ils puissent jouer, ils sont sûrs d'être applaudis avec transport à cause des vers qu'ils débitent. Mais toutes les fois que cela arrive, le gouvernement intervient, et en défend la représentation.

— En défend la représentation! s'écria M. Dulberry; défendre la représentation de cette excellente pièce, *Venise sauvée!* Quoi! il s'y trouve donc quelque chose contre le gouvernement? C'est une pièce admirable! Et de quelle manière la défend-on? Ce n'est point par un acte du parlement, j'espère? Quelque corrompu qu'il soit, il n'oseroit encore en venir là. Je suppose que c'est par un ordre du conseil, et que lord Londonderry envoie un régiment de dragons au parterre.

— Non, M. Dulberry. C'est le lord grand chambellan qui signifie la défense.

— Le lord chambellan ! De pis en pis !
Ainsi donc, c'est le lord chambellan qui
envoie les dragons ? chambellan ! Qu'il se
mêle du gouvernement des draps, des
taies d'oreiller et des chambrières, à la
bonne heure ; mais de quel droit ose-t-il
fouler aux pieds la liberté du pays, et
étouffer les lumières du théâtre sous l'étei-
gnoir du despotisme militaire ? Fi ! fi !
Pauvre Angleterre !

Soit par indignation politique, soit par
mécontentement personnel en entendant
quelques individus rire dans un coin de la
salle, probablement de ce qu'il venoit de
dire, le patriote jeta de nouveau les yeux
sur le *Courrier*, qu'il tenoit toujours en
main, et il parut même le lire avec plus
d'attention.

Toute conversation avoit cessé dans ce
coin de la salle, quand tout à coup Bertram vit briller près de lui une vive clarté,

et, se retournant précipitamment, il vit
son voisin, M. Dulberry, comme méta-
morphosé en statue de sel. Il avoit la
bouche ouverte, et les yeux, dont on ne
voyoit plus que le blanc, levés vers le ciel;
un de ses bras étoit étendu, le poing fermé,
tandis que l'autre tomboit à son côté,
comme frappé de paralysie. Le *Courrier*
avoit pris feu à une chandelle, et avant
que M. Dulberry fût sorti de son état de
stupeur, le journal et tout ce qu'il conte-
noit étoient réduits en cendres.

— M. Dulberry! qu'y a-t-il donc,
M. Dulberry? s'écria-t-on de toutes parts.
Bolivar a-t-il battu les royalistes? l'Au-
triche nous a-t-elle remboursé son em-
prunt? De quoi s'agit-il, pour l'amour du
ciel?

— De quoi il s'agit, Messieurs? d'une
chose qui va vous émouvoir les entrailles,
d'une affaire près de laquelle le massacre

de Manchester n'est rien, absolument rien.
Un Anglais...., après cela, c'en est fait de
l'*habeas corpus*, un Anglais, Messieurs,
a été arrêté par les émissaires du gouvernement, après avoir quitté le royaume.

— De quel gouvernement? Du gouvernement français?

— Non, messieurs, non. Du gouver-
ment anglais. Arrêté hors du royaume,
Messieurs; faites attention à cela !

— Mais où, où a-t-il été arrêté ? Est-
ce en France?

— Mais... je crois... oui, Messieurs, on
peut dire que c'est en France : car il alloit
en ce royaume; il avoit pris une barque
dans l'île de Wight, pour se rendre à
bord d'un bâtiment français qui étoit en
rade; et il étoit à cent cinquante toises du
rivage quand il a été arrêté.

— Allons donc, M. Dulberry, dit une

espèce d'homme de loi, en habit noir
qui montroit la corde; il étoit encore en
Angleterre, car les quatre mers appar-
tiennent à la Grande-Bretagne aussi loin
qu'un boulet de canon peut porter, et
même un peu plus loin, suivant quelques
jurisconsultes : elles sont sa propriété,
son domaine, son parc, son manoir, et
elle a le droit d'y établir des péages si bon
lui semble.

— Point du tout, Monsieur, point du
tout. Blackstone dit que pour constituer la
possession il faut deux choses, l'acte et la vo-
lonté de posséder. Il n'y a nul doute qu'il
n'en soit de même du domicile. Pour que
cette salle soit mon domicile, il faut non-
seulement que j'y sois, mais que j'aie la vo-
lonté d'y être. Or cet Anglais avoit la vo-
lonté d'être en France ; par conséquent
l'Angleterre n'étoit plus son domicile, et
la loi ne doit pas permettre d'arrêter un
homme où il n'est pas.

Ce sophisme fit rire une partie de la
compagnie, et le murmure qui s'éleva pa-
roissant à M. Dulberry une marque d'approbation, qui lui fit croire que ses auditeurs étoient convaincus par ses argumens,
il saisit l'occasion, monta sur sa chaise,
agita en l'air son chapeau blanc, et continua en ces termes :

— Messieurs, Messieurs, nous savons
tous que les ministres ont fermé ce pays à
tous les malheureux étrangers; qu'ils ont
terni par leur infernal *alien-bill* la réputation de généreuse hospitalité dont l'Angleterre jouissoit depuis si long-temps.
Nous le savions déjà; mais voici une nouvelle attaque dirigée contre la liberté.
Nous les voyons tendre des filets et des
nasses autour de nos côtes jadis hospita-
lières, pour y prendre les infortunés qui
fuient la tyrannie continentale. Mais ce
n'étoit pas assez : il faut encore que nous
les voyions jeter le grappin sur ceux de nos

compatriotes qui veulent se soustraire au
despotisme arbitraire de lord Londonderry. Iront-ils se cacher sous les glaces
du pôle? Lord Londonderry sauroit bien
les y trouver, et c'est sans doute pour
cela, soit dit en passant, que Croker, son
allié, fait faire tant de voyages dans les
mers polaires. Mais je vois que personne
n'ose dire un seul mot pour leur défense. Je
vois que même les créatures ministérielles
baissent les yeux en rougissant. Je vous
propose donc, Messieurs, de nous réunir
pour présenter une adresse au roi, afin
de lui peindre l'horreur que nous a in-
spirée ce dernier acte de tyrannie, qui a
fait déborder la coupe de nos afflictions,
et de supplier sa majesté de congédier le
ministère actuel, et d'en former un nouveau sur une base patriotique.

— Mais, M. Dulberry, quel est le nom
de celui qui a été arrêté ainsi? demanda
une personne de la compagnie.

— Cela ne fait rien à la question, Messieurs ; c'est un Anglais, et cela est bien suffisant, à ce qu'il me semble.

— Mais si c'étoit un fou échappé à ses gardiens ? dit un autre.

Un éclat de rire général s'ensuivit, et l'on s'écria :

— Son nom ! son nom !

Voulant continuer à occuper l'attention, M. Dulberry se trouva obligé de relâcher quelque chose de la rigueur de ses principes, et de descendre du haut de ses maximes générales jusqu'à des considérations individuelles.

— Son nom, Messieurs, dit-il, est Edouard Nicolas.

— Nicolas ! Edouard Nicolas ! s'écrièrent à la fois une vingtaine de voix. Quoi ! notre Nicolas !

— Quant à cela, c'est ce que je ne saurois vous dire. Il étoit représenté dans le *Courrier* comme un intrépide aventurier, et l'on y citoit plusieurs traits qui lui font honneur. Je me souviens, entre autres choses, qu'on y disoit qu'il avoit combattu pour la liberté dans l'Amérique méridionale, et qu'il avoit même commandé un bâtiment de guerre sous Artigas.

— C'est lui! c'est lui! s'écrièrent un grand nombre de voix; c'est bien notre Nicolas, rien n'est plus sûr. Mais quel nouveau tour a-t-il donc encore joué?

Le patriote étoit évidemment mal à son aise, et il sembloit vouloir éluder cette question. Mais, étant pressé de toutes parts, il répondit enfin :

— J'ignore, Messieurs, s'il a joué quelque tour, pour me servir de votre expression. Le *Courrier* dit seulement qu'il est accusé d'avoir été complice de la conspiration de Cato-Street, de Thistlewood, ou du moins d'en avoir eu connoissance, et de ne pas l'avoir dénoncée.

— Oh, oh! Est-ce là ce dont il s'agit? s'écria-t-on d'une voix presque unanime; en ce cas, point d'adresse! Non, non, point d'adresse à sa majesté pour un conspirateur de Cato-Street!

— Mais, Messieurs, dit le patriote déconcerté, songez que.....

— Cela ne prendra pas, M. Dulberry, dit un marchand à figure grave. Attaquez les ministres tant qu'il vous plaira; que chacun les attaque, c'est fort bien, et je dirai qu'ils le méritent; car ce n'est pas moi qui les regarde comme des saints. Mais que ce soit à la vieille manière anglaise, ouvertement et de franc jeu. Que Junius et Publicola aboient contre eux dans les journaux, rien de mieux. Mais pas de poignards! pas d'assassins! Qu'on n'aille pas les attaquer pendant qu'ils sont à table, en réunion amicale. Qu'on n'aille pas leur couper la gorge au coin de leur feu! Non, non, point de conspirateurs de Venise en Angleterre!

— Réunion amicale! coin du feu! s'écria Dulberry; au nom du ciel, comme vous dénaturez la question! A vous entendre parler, on diroit que nos ministres sont des agneaux, qu'ils ne se rassemblent que pour se donner le baiser de paix et chanter des hymnes. Je vous dis, moi, que leurs réunions n'ont d'autre but que d'anéantir notre liberté. Et, quant aux conspirateurs, je n'en connois aucun, si ce n'est chez lord Harrowby. Vous dites que Cato-Street a conspiré contre Grosvenor-Square, et moi je dis non! C'est Grosvenor-Square qui a conspiré contre Cato-Street (1).

_____

(1) Thistlewood et ses complices, arrêtés dans un grenier de Cato-Street, avoient formé le pro-

Cette nouvelle manière d'envisager l'affaire parut si originale à toute la compagnie, qu'il en résulta des éclats de rire prolongés, et l'orateur voyant l'opinion générale se déclarer contre lui, descendit de sa chaise et se rassit avec humeur, en murmurant entre ses dents qu'il étoit inutile de parler raison à des gens qui étoient de vils laquais de lord Londonderry. Le politique étant ainsi réduit au silence, la conversation prit une tournure plus intéressante pour la plupart de ceux qui se trouvoient dans cette salle, et qui étoient presque tous des habitans de cette partie du pays de Galles.

— Et ainsi donc, voilà Nicolas pris, dit M. Bloodingstone, marchand boucher. Eh bien, c'est ce que je n'aurois jamais cru.

---

jet d'aller assassiner les ministres réunis pour dîner chez lord Harrowby, dans Grosvenor-Square.

(*Note du trad.*)

Je ne me serois jamais imaginé que Nicolas se laissât prendre aussi tranquillement qu'un agneau. Et cependant il n'y a pas sur toute cette côte une petite crique, un trou assez grand pour cacher une souris qu'il ne connoisse parfaitement. Depuis Barmouth jusqu'à Carnarvon, je réponds qu'il n'y a pas un seul employé des douanes, quel que soit son grade, sur le cou duquel il n'ait appuyé le pied dans une occasion ou dans une autre.

— Vous avez raison, M. Bloodingstone, dit l'aubergiste; mais un officier de police de Bow-Street, avec son bâton d'ordonnance, est un autre Josué, et il arrêteroit le soleil et la lune. Que Nicolas ait été arrêté, ce n'est donc pas ce qui m'étonne. Ce qui me surprend, c'est qu'un homme comme Nicolas se soit jamais mêlé de politique; car on n'y gagne jamais que de bonnes taloches, et le plaisir de faire un peu parler de soi; ce qui ne vaut pas un

verre de punch au whiskey. D'ailleurs Nicolas étoit un homme de bon sens, et il
avoit le nez diablement long. S'il avoit
voulu se tenir tranquille et mener une vie
un peu plus régulière, il seroit plus riche
aujourd'hui que le plus riche seigneur de
nos environs ; car il avoit crédit chez tous
les négocians d'Anvers et d'Amsterdam, et
même chez d'autres que je ne nommerai pas.

— Ce Nicolas étoit-il donc établi dans
cette ville? demanda le Français.

Presque toute la compagnie sourit de
cette demande, et ce fut l'hôte qui se
chargea d'y répondre.

— Etabli ! s'écria-t-il en faisant un
grand éclat de rire; ha, ha, ha! Je voudrois bien connoître l'endroit où l'on pourroit dire que Nicolas s'est établi vingt-
quatre heures! Non, non, il n'étoit pas
homme à s'établir quelque part. Il y a
même des gens qui vous diront qu'il ne

7*

s'est jamais assis de sa vie; mais cela n'est pas vrai : car, moi qui vous parle, je l'ai vu plus d'une fois assis à la place qu'occupe maintenant ce jeune homme. Et en parlant ainsi, il désigna Bertram, qui éprouva un moment de malaise, en voyant tous les regards se diriger vers lui. L'hôte n'y fit aucune attention, et continua.

— Non, non, vous dis-je, Nicolas n'étoit pas homme à s'établir nulle part. On ne peut même dire qu'il fut commerçant, car c'étoit une sorte d'agent qui faisoit le commerce pour les autres, et c'étoit un commerce diablement chatouilleux; mais je crois qu'on n'a jamais vu son pareil en ce genre depuis le temps d'Owen Owalis. Au surplus, n'en parlons pas. Il fournissoit à tout le pays de l'eau-de-vie et d'autres marchandises à bon marché, de sorte que je ne puis dire du mal de sa manière de trafiquer, quoique je n'en doive pas dire du bien, si ce n'est dans un coin.

Il faut que vous sachiez, Monsieur, dit un nouvel interlocuteur, en s'adressant au Français, que ce Nicolas faisoit un commerce en opposition avec celui du gouvernement, et qu'il vendoit ses marchandises à si bon marché que le gouvernement ne pouvoit trouver le débit des siennes dans tout le pays. C'est pour cela que le gouvernement en est jaloux et le persécute. Mais il paroît que vous le connoissez, notre hôte?

— Sans doute, je le connois d'une manière, mais je le connois sans le connoître. Je ne saurois dire combien de fois il est venu dans cette salle, et bien souvent je ne savois que c'étoit lui que lorsqu'il étoit parti. Tantôt il venoit déguisé en vieux mendiant, et se glissoit dans un coin, sans que personne songeât à lui; tantôt il étoit vêtu en ouvrier, et se disputoit avec moi pour un sou; d'autres fois il arrivoit brillant comme un lord, et il faisoit danser ses

guinées comme si c'eût été de la boue. Un
jour, ha, ha, ha! je ne puis m'empêcher
d'en rire, il vint en uniforme d'officier de
dragons, et il se mit à me battre, sous
prétexte que j'avois favorisé la fuite de Nicolas. Je crus vraiment qu'il me tueroit,
et je criai au secours de toutes mes forces.
Jenny alla chercher l'alderman Gravesand,
qui arriva avec tous les constables de la
ville; tous les voisins accoururent; et, pendant qu'on s'expliquoit, un convoi de contrebande traversa la ville et prit le chemin
d'Ap Gauvon. Et tout cela en plein midi.

— Et quand vous le vîtes ensuite, que
vous dit-il?

— La première fois que je le vis ensuite,
ce fut dans cette salle même, ayant ma
perruque, mon gilet et mon tablier. De ma
vie je n'ai eu une telle peur. J'avois été
voir le ministre à un mille de la ville, et
comme j'en revenois, un homme passa

près de moi, comme une flèche; mais quoiqu'il courût si vite, je le reconnus pour cette fois, et je me dis : — C'est Nicolas ! A peine avois-je fait une centaine de pas que je vis arriver sur mes talons une troupe d'hommes qui alloient bon train, et qui me demandèrent si j'avois vu passer Nicolas. Ce sont les commis de la douane, pensai-je, ou une partie de l'équipage du *Blazer* qui croisent devant Carnarvon pour empêcher la contrebande; et vous jugez bien que je ne voulus pas le vendre. Ils n'en continuèrent pas moins leur chemin; et et quand j'arrivai ici, croiriez-vous bien, Messieurs, qui j'y trouvai le lièvre et les chiens ? Et le premier homme sur qui je jetai les yeux en entrant dans cette salle, je crus que c'étoit moi ou mon spectre.

— Et si cela vous étoit arrivé dans les montagnes d'Ecosse, mon cher hôte, vous auriez été sûr d'être enterré avant la fin de l'année.

— Ma foi, Monsieur, je ne sais trop que vous dire ; même en ce pays, cela n'est pas regardé comme un signe de bonheur; et je ne nierai pas que, pendant quelques momens, je ne savais trop quelle figure faire. Je m'assis au milieu des limiers qui cherchoient Nicolas, sans pouvoir prononcer un seul mot. Mais au même instant, ne voilà-t-il pas mon ombre qui s'approche de moi, et qui me dit, en détournant un peu le visage : — Brave homme, n'avez-vous pas demandé du whiskey ? J'aurois juré que c'étoit moi qui venois de parler, tant il imitoit bien le son de ma voix. Je ne répondis rien, tant j'étois stupéfait; mais il jugea que qui ne dit mot consent, et il m'apporta du whiskey. Je le regardai bien alors, et je reconnus Nicolas; mais je n'eus pas le cœur de le trahir, et je lui dis : — Eh bien, notre hôte, comment vont les affaires ? — Les affaires ? répondit il ; j'en ai jusqu'au cou, et mes jambes en sont fatiguées. Mais pourrez-vous bien croire qu'il m'ait fait payer six pences pour mon propre whiskey, et qu'il ait tiré quinze shillings de la poche des commis de la douane pour prix de l'eau-de-vie de contrebande qu'il leur avoit servie? Et tandis qu'ils étoient à boire, il décampa lestement du côté du nord, et quelques minutes après on se remit à sa poursuite du côté du midi.

— Le talent extraordinaire dont il est doué pour prendre la ressemblance de qui bon lui semble, et paroître avoir l'âge qu'il lui plaît de se donner, dit le directeur, il le doit, du moins en grande partie, à l'avantage qu'il a eu de passer quelque temps dans ma troupe. Jamais je n'ai eu de meilleur acteur. Tous les rôles lui convenaient : Richard III ou Aguecheek; Shylock ou Pistol; Roméo ou l'Apothicaire; Hamlet, ou le Coq, car il eut un jour la fantaisie de jouer le coq dans la première scène d'Hamlet, et il chanta d'un

style si supérieur, qu'un vieux coq qui
étoit dans le voisinage lui répondit ; plusieurs autres en firent autant un peu plus
loin ; de sorte que peu à peu et de ferme
en ferme, il fit chanter tous les coqs du
comté de Carnarvon.

—Ha, ha, ha! Eh bien, monsieur le directeur, dit le même interlocuteur placé derrière l'aubergiste, que dit à cela l'auditoire ?

—Ce que dit l'auditoire ? Loges, parterre, gâlerie, tout cria *bis ! bis ! bis !* et
l'esprit fut obligé de revenir sur la scène,
afin que le chant du coq l'en fît déguerpir
une seconde fois. Mais il n'avoit alors que
dix-sept ans, et il ne tarda pas à se dé-
goûter du théâtre.

— Oui, oui, dit un autre de la compagnie, il se lasse de tout; et je réponds
qu'à présent il est las du métier de con-
trebandier. S'il est vrai qu'il ait eu des re-

lations avec Thistlewood, il n'en faut pas chercher d'autres raisons.

— Non, non, dit un autre, ce n'est pas là le motif. Qu'il soit las de la contre-bande, je n'ai pas de peine à le croire; car, pour un homme comme Nicolas, ce métier n'a pu avoir d'attraits que par l'activité qu'il exige, les difficultés qu'il présente, et les dangers qu'il occasione. Si quelque chose lui a fait mettre un doigt dans la conspiration de Cato-Street, c'est l'amour.

— L'amour! ah! l'amour pour lord Londonderry peut-être?

— Non, non. Vous savez ce que je veux dire, et il y a ici bien peu de personnes qui ne le sachent. L'amour pour une jeune personne qui ne demeure pas bien loin d'ici.

— Miss Walladmor, je suppose?

I.   8

—Chut! chut! dit l'hôte; ne nommons
personne.

—Eh bien, n'importe le nom; mais
nous savons tous que l'amour lui a tourné
la tête, l'a rendu désespéré, et que depuis
dix-huit mois il est de notoriété publique
qu'il a été aussi fou qu'un lièvre en mars.

—Nicolas amoureux ! dit M. Bloodingstone; eh bien, cela me paroît aussi
comique que si j'entendois dire que mon
bouledogue Towser est amoureux d'un de
mes bœufs.

—Quoi! reprit le premier interlocuteur, ne savez-vous pas que les commer-
çans n'ont pas voulu se servir de lui pour
cette raison? C'est un fait. Je sais positive-
ment que, pas plus tard qu'en février dernier, l'un d'eux lui offrit quatre cents guinées, s'il vouloit faire ceci et cela. — Au
diable vos guinées ! répondit-il ; si ce n'étoit
pour une plus jolie figure que je n'en ai

jamais vu sur une guinée, je ne remettrois jamais le pied dans le pays de Galles. Enfin il débita tant de sornettes amoureuses, que les armateurs se dégoûtèrent de lui, et ils prirent en sa place le capitaine Le.... Le..., j'ai oublié son nom.

— Vous voulez dire le capitaine Jackson, qui a maintenant le commandement.

—Mais qu'il soit fou, ou qu'il ne le soit pas, qu'est devenu Nicolas, après que les officiers de Bow-Street se furent emparés de lui? M. Dulberry, vous avez lu le journal, vous pouvez nous le dire. Qu'en a-t-on fait? On l'a sûrement mis dans une chaise de poste pour le conduire à Londres?

— Non, Monsieur, non. Malgré toute son astuce, il paroît que le gouvernement ne s'est pas cru assez sûr de pouvoir l'impliquer dans l'affaire de Cato-Street; de sorte qu'on l'envoie en ce pays, et il va

être mis en jugement à Dolgelly ou à Carnarvon, pour quelque vieille histoire,
Dieu sait laquelle; sans doute quelque
escarmouche avec les douaniers ou le
Blazer.

—Dieu soit loué! s'écria-t-on de tous
côtés dans la salle; ainsi donc nous verrons
encore une fois Edouard Nicolas!

— Je ferois cinquante milles à pied
plutôt que d'y manquer, dit quelqu'un. Et
de quelle manière l'amène-t-on, M. Dulberry?

—Par mer, Messieurs. On l'a mis à
bord du bâtiment à vapeur *l'Alcyon*; et
puisse Dieu, dans sa merci, permettre
que ce maudit instrument du pouvoir des-
potique saute en l'air, pour empêcher
qu'un si bon patriote tombe vivant au
pouvoir de ses ennemis!

—*L'Alcyon!* s'écria Bertram, avec une

véhémence proportionnée à sa surprise soudaine, et à l'intérêt qu'il prenoit alors au sujet de la conversation. *L'Alcyon!* Eh bien, M. Dulberry, vos vœux ont été exaucés. *L'Alcyon* a sauté il y a deux jours dans le canal de Saint-George, à la hauteur de l'île d'Anglesea, à ce que je pense. J'y étois moi-même passager, et, autant que je puis le croire, nul autre que moi ne s'est sauvé du naufrage.

Dans le café de Lloyd, dans tous les endroits publics très-fréquentés à Londres, lorsqu'on voit un placard annonçant quelque nouvelle importante, la curiosité générale devient si impatiente, qu'on diroit qu'elle voudroit arracher de plus amples détails au mur ou au poteau sur lequel il est affiché. On peut donc juger à quelles importunités expose l'annonce d'une nouvelle quand elle est faite non par un placard collé contre une muraille ou contre

un pilier, mais par un homme vivant.
Bertram devint sur-le-champ l'être le plus
important de toute la compagnie, et il fut
pressé si vivement de toutes parts qu'il
ne put se dispenser de faire une relation
succincte d'une partie des événemens que
le lecteur connoît déjà. Il savoit maintenant
que ce Nicolas étoit, comme lui, à bord
de *l'Alcyon;* mais il ne l'y avoit pas vu;
il avoit seulement entendu dire qu'il s'y
trouvoit un prisonnier d'état à la prise
duquel on attachoit quelque importance.
Si on l'avoit mis à fond de cale, les fers
aux pieds et aux mains, il n'y avoit pas
l'ombre d'un doute qu'il ne fût du nombre
de ceux qui avoient le plus certainement
péri. Tout ce qu'il pouvoit dire, c'étoit
que depuis qu'il avoit rouvert les yeux
et repris connoissance, il n'avoit aperçu
personne qu'il eût vu à bord de *l'Alcyon.*

Il est inutile de dire qu'une expression

générale d'étonnement, d'intérêt et de
compassion, accompagna le récit que fit
Bertram de ce malheureux accident. Lui-
même reçut des complimens de condo-
léance et de félicitation; mais quelques
personnes sembloient examiner ses traits
avec un air d'attention qui lui devenoit désagréable, et dont, plusieurs
fois dans la soirée, il s'étoit déjà aperçu
qu'il étoit l'objet, ce dont il ne pouvoit s'expliquer la cause; et cette attention étoit plus marquée, maintenant que
chacun s'étoit rassemblé pour former
un cercle triple ou quadruple autour
de lui.

Le sentiment qui parut prévaloir à la
fin de ce récit fut un vif regret, témoi-
gné par tous les auditeurs, de voir disparoître si subitement la perspective qu'ils
avoient eue de revoir bientôt Edouard Nicolas. Mais quelques personnes de la compagnie avoient tant de confiance dans sa

bonne fortune, dans les ressources de son esprit, dans son sang-froid et dans ses forces corporelles, qu'elles offrirent de gager des sommes très-fortes que ce Nicolas, qui avoit bravé tant de tempêtes par terre et par mer dans tous les climats du monde, feroit encore parler de lui.

M. Dulberry n'avoit le loisir de s'occuper d'aucune de ces idées, de se livrer à aucun de ces sentimens. La morale qu'il tiroit de tous les événemens importans ou futiles, joyeux ou mélancoliques, étoit toujours essentiellement civique, et pleine de la bile du patriotisme.

— Ainsi donc, dit-il, vous voyez de quels navires se sert notre gouvernement pour le transport de ses prisonniers d'état.

— Quoi! M. Dulberry, dit l'aubergiste, pouvez-vous supposer que la machine à vapeur de *l'Alcyon* ait été payée par lord Londonderry pour faire explosion?

— La machine à vapeur? Non. Mais où étoit l'ingénieur qu'il auroit dû payer? Avez-vous oublié qu'il y a un ou deux ans, M. Bennet fit, dans la chambre des communes, la motion qu'aucun bâtiment à vapeur ne pût sortir d'un port sans avoir été inspecté par un ingénieur du gouvernement? Ne savez-vous pas...

En ce moment, Jenny l'interrompit en annonçant que le souper étoit servi; annonce agréable en elle-même, et qui le fut doublement parce qu'elle mit un terme à l'éloquence patriotique de l'orateur. Il parut lui-même ne trop savoir s'il devoit s'en applaudir ou en être fâché, et alla se mettre à table en proférant des murmures inarticulés, espèce de langage équivoque qui pouvoit exprimer également son mécontentement d'avoir été interrompu, et sa satisfaction de pouvoir satisfaire son appétit.

Bertram se mit à table avec ceux qui soupoient à l'auberge, mais les convives étoient disposés à prolonger la séance pour se livrer à la gaieté; et comme ce n'étoit pas ce qui lui étoit le plus nécessaire en ce moment, il quitta la compagnie de très-bonne heure et pria Jenny de le conduire à sa chambre; mais, en dépit de la fatigue et du sommeil, un petit incident lui occasiona, chemin faisant, un léger mouvement de surprise et presque de terreur.

En entrant dans un corridor étroit et obscur, il vit à l'autre bout un homme qui sembloit vouloir entrer dans une chambre. Mais, soit qu'il se fût trompé de clef, soit qu'il y eût quelque chose de dérangé dans la serrure, il étoit encore occupé à chercher à l'ouvrir quand Bertram passa près de lui. A la lueur de la chan-

delle que portoit Jenny, qui le précédoit, il
vit le profil d'un homme qui sembloit encore
jeune, mais ayant le teint basané comme
un Egyptien, les joues pâles et maigres, et
paraissant battu par les tempêtes de la vie;
cependant, autant qu'il put en juger par
un coup d'œil jeté en passant, sa figure
offroit tous les traits de la beauté grecque,
et elle étoit douée d'expression et de dignité.
Cet homme ne se retourna pas pour regarder ceux qui passoient, et Jenny ne le connoissoit pas, ou eut l'air de ne le pas connoître.

Sa vue fit naître en Bertram une sorte
de souvenir confus, comme s'il se fût
éveillé d'un rêve. Il lui sembloit avoir vu
les mêmes traits dans quelque circonstance
qui les avoit gravés dans sa mémoire. Mais
en quel lieu, dans quelle situation les
avoit-il vus? c'est ce qu'il fut impossible
de se rappeler. Les événemens qui lui
étoient arrivés les deux jours précédens
avoient tellement agité son esprit et égaré

ses idées , que plus il cherchoit à y mettre
de l'ordre , plus il y trouvoit de confusion.
Enfin il se trouva délivré de ces réflexions
et de toutes les autres par un sommeil profond qui s'empara de lui dès qu'il eut la
tête placée sur l'oreiller.

~~~~~~

CHAPITRE VII.

PANDARUS. « — Ecoutez ! Les voilà qui arrivent. Resterons-nous ici pour les voir passer pendant qu'ils marchent vers Troie ? Qu'en pensez-vous , ma chère nièce Cressida ?

CRESSIDA. — Comme il vous plaira.

PANDARUS. — Ici , ici , c'est une excellente place ; nous pouvons les voir ici parfaitement. Je vous dirai tous leurs noms à mesure qu'ils passeront ; mais faites surtout attention à Troïlus. »

SHAKSPEARE.

LORSQUE Bertram s'éveilla , le soleil étoit déjà levé depuis assez long-temps sur l'horizon , et ses rayons lançoient une lumière dorée à travers les vitres gelées des

fenêtres de sa chambre. Les cloches de l'é-
glise de Machynleth étoient en branle, et un
son plus éloigné annonçoit qu'on les son-
noit de même dans une couple de villages
voisins. Cette circonstance et le mouvement qui régnoit dans l'auberge sembloient
annoncer que le jour qui venoit de commencer étoit un jour de fête.

Quand il descendit pour déjeuner, il
vit que toute la maison avoit été mise dans
le plus grand ordre, et qu'on l'avoit ornée
de branches de pin. Une multitude de
peuple étoit amassée devant la porte, et
une foule de villageois, hommes, femmes
et enfans, arrivés des campagnes voisines,
remplissoient toutes les rues de la ville.
Les femmes étoient parées de rubans, et
les hommes portoient un bouquet de poireaux.

Enfin il apprit de l'aubergiste, qui étoit
endimanché, ainsi que tout ce qui tenoit

à sa maison, qu'on célébroit ce jour-là la grande fête nationale du pays de Galles, celle du bon saint David, jour auquel il n'est pas un Gallois, fût-il à Séringapatam, qui se pardonnât d'oublier cet antique hommage rendu à la fraternité par tous les habitans de ce pays. Il est pourtant vrai que cet usage, quoique encore fidèlement observé dans le sein de la principauté, commence, de même que toutes les anciennes coutumes, à tomber en désuétude parmi ceux de ses enfans qui en sont éloignés. Sans cela, comment seroit-il arrivé que, précisément le jour de saint David, un certain noble lord d'origine galloise, eût prononcé dans le sénat britannique une éloquente apologie des principes révolutionnaires de ses amis? Nous ne pouvons douter que si quelqu'un eût présenté en ce moment un bouquet de poireaux à sa seigneurie, ses joues seroient devenues de la même couleur que le bonnet rouge qui paroissoit être l'objet de son hommage; car

rien ne peut être plus opposé à la préten-
due fraternité du jacobinisme que celle
qui repose sur l'honneur, la bonne foi, la
loyauté, et le respect pour les cendres et
les institutions de nos ancêtres.

— Comment, notre hôte, dit le petit patriote avec qui nos lecteurs ont fait connoissance dans le chapitre qui précède,
cette absurde et superstitieuse commémora-
tion de la fête de saint David ne cessera-
t-elle donc jamais?

—Prenez garde de parler trop haut,
M. Dulberry, répondit l'aubergiste; nous
avons dans la rue quelques-uns de nos amis
de campagne qui, s'ils vous entendoient
parler ainsi, pourroient se mettre dans la
tête d'essayer si la vôtre est aussi dure que
les glaçons, ou de vous mettre sous la
pompe pour vous rafraîchir le cerveau.

— Ou peut-être vous faire avaler un poi-

reau, dit le directeur, et d'une manière
moins gracieuse que je n'ai vu Fluellen,
sur un des théâtres de Londres, adminis-
trer le sien à Pistol (1); le rôle de Fluellen
étant rempli ce jour-là par Garrick, rôle
dans lequel on vouloit bien dire que je
montrois autant de talent que ce grand
acteur.

— Tout cela n'est que sottise, puérilité,
superstition, restes de temps d'ignorance
et de barbarie, reprit M. Dulberry; et c'est
pour cela que les bons principes font si peu
de progrès en ce pays. Comme si nous
n'avions pas dans le calendrier assez de
jours marqués par des lettres rouges, grâce
aux idées superstitieuses, générales et na-
tionales, sans que cette superstition locale

---

(1) Allusion à une pièce de Shakspeare. Le
poireau est pour le Gallois ce qu'est la pomme de
terre pour l'Irlandais.

(*Note du trad.*)

8*

vienne encore en ajouter un autre! Messieurs, il me semble que le parlement devroit interdire ces attroupemens tumultueux de gens portant des nœuds de rubans et des bouquets de poireaux, et ce tintamarre de cloches qui nous étourdit. Que ne présentons-nous une adresse contre les poireaux, Messieurs?

— Point d'adresse, M. Dulberry, dit l'aubergiste, ou du moins n'en parlez pas aujourd'hui. Sir Morgan Walladmor vous enverroit le bedeau avec une verge d'ortie, s'il en entendoit un seul mot; car il aime les poireaux et la fête de Saint-David. C'est un de ses grands jours de joie; et il envoie du pain, de la viande, du whiskey, du charbon et de l'argent, dans toutes les chaumières des pauvres à douze milles à la ronde; je pourrois même dire encore plus loin sans mentir, car, quoique le baronnet ne soit plus jeune, et qu'il ait eu bien des chagrins à supporter, il n'y aura pas aujourd'hui, grâce à sa libéralité, un seul cœur qui connoisse la tristesse dans Machynleth, quoique nous soyons à vingt-cinq milles du château de Walladmor.

— Abominable despotisme! Et ces gens opprimés peuvent se résoudre à avaler sa libéralité!

— A l'avaler, M. Dulberry! Sans doute. Ce n'est pas une médecine bien amère.

— Et ils dansent aussi sans doute?

— S'ils dansent? je vous en réponds; il n'y a que les enfans au maillot et les vieillards paralytiques qui ne dansent pas aujourd'hui. Si vous n'aimez pas à voir le pauvre heureux et content une fois dans l'année, je vous conseille de ne pas venir à Machynleth le jour de la fête de Saint-David.

— Eh bien, cette tyrannie excède tout ce que j'ai jamais vu. Nous savons tous que

lord Londonderry a fait porter le deuil à
Manchester et à toute l'Angleterre; mais
ce despote rustique a résolu de forcer le
peuple à se réjouir, quand il devroit se
désespérer, comme tout le monde le sait.

— Allons, allons, Monsieur, ne dites
pas de mal du baronnet; c'est un brave
homme, et il n'est pas tyran, quoiqu'il
puisse avoir ses fantaisies et ses défauts
tout comme un autre; il est aimé de tout
ceux qui dépendent de lui, et même de
ceux qui n'en dépendent pas : et quant à
sa nièce miss Geneviève, je crois qu'entre
Machynleth et le château de Walladmor
il n'y a personne qui ne bravât pour elle
l'eau et le feu.

Sir Morgan Walladmor est un homme
sage, dit l'alderman Gravesand; et dans
un temps où des esprits légers voudroient
tout changer, il a le bon sens de rester attaché aux anciennes coutumes. Il seroit à

désirer que tout le monde pensât comme lui.

— Oui, oui, reprit l'aubergiste, et l'on peut ajouter à cela qu'il sait de quel côté il faut étendre son beurre sur son pain. N'importe quels sont les ministres whigs ou torys, je l'ai toujours vu lieutenant du roi pour les deux comtés de Carnarvon et de Mérioneth, aussi loin que peut aller ma mémoire.

. Vous vous trompez, répliqua l'alderman ; les principes de sir Morgan n'ont jamais varié. C'est un vrai whig, comme l'ont été tous ses ancêtres depuis 1688. Quoiqu'il n'aille plus représenter le comté au parlement, comme lorsqu'il étoit plus jeune, il n'y a jamais eu un ministère de torys sans qu'on ait vu sir Morgan Walladmor dans les rangs de l'opposition, c'est-à-dire en professant les principes honorables des anciens whigs, des Russell, des Cavendish, des Spencer.

.— Et pourquoi ne va-t-il plus au parlement? demanda Dulberry, je voudrois bien le savoir. Pourquoi diable reste-t-il ici à ruminer son vieux patriotisme comme un bœuf? C'est parce qu'on lui laisse une place lucrative qu'il trouve fort agréable, et qu'il en a obtenu d'autres pour ses enfans, ses petits-enfans, ses neveux et ses cousins.

— Je vais vous apprendre, M. Dulberry, dit l'alderman Gravesand, pourquoi sir Morgan ne va plus au parlement. Ce n'est pas, comme vous le dites, en considération des places qu'il a obtenues pour ses enfans, ses petits-enfans, ses neveux et ses cousins, car il arrive qu'il n'a ni cousin, ni neveu, ni fils ni petit-fils. Ce n'est pas non plus, comme vous le dites, par envie de conserver la place qu'il occupe, car cette place ne lui rapporte pas un shelling, et il n'en a jamais retiré d'autres récompenses que ce qui est la plus précieuse de toutes aux yeux d'un homme comme

sir Morgan , la reconnoissance de ses
concitoyens, et l'approbation du parlement et de son souverain. Ce n'est pas
davantage, comme vous le donnez à entendre, pour se livrer au plaisir et se donner ses aises dans son château ; car il a
autant de sujets pour y mal dormir, que
s'il étoit logé dans S. James-Square; et
à présent, M. Dulberry, je vais vous faire
savoir pourquoi il ne représente plus le
comté au parlement. C'est qu'il s'est élevé
à Londres et en d'autres endroits une bande
de drôles présomptueux et ignorans qui se
prétendent les défenseurs de la vieille Angleterre et de sa liberté, dont ils ont rendu
le nom presque ridicule, et que tous les
vieux champions qui sembloient hérédi-
tairement chargés de défendre les principes constitutionnels dans le parlement s'en
retirent avec dégoût, honteux de paroître
faire cause commune avec des gens si mé-
prisables. Et si je voyois ici un être de cette
espèce, et qu'il se donnât le ton de mal

parler devant moi des personnes valant in-
finiment mieux que lui, je le prendrois
ainsi par les épaules, M. Dulberry, je le
clouerois comme cela sur sa chaise, et il
joignoit le geste aux paroles, et je lui di-
rois : —Ridicule réformateur, si j'entends
sortir de ta bouche le moindre propos in-
solent contre notre digne lord lieutenant,
je te ferai sauter par la croisée, la tête la
première. Pour un jour de fête, ce ne seroit pas un spectacle convenable, aussi je
m'applaudis beaucoup de ne pas avoir
devant mes yeux un de ces hommes mé-
prisables, M. Dulberry, et de me trouver
en face d'un ancien ami, d'une vieille
connoissance.

Le patriote ne fit aucune réplique ma-
nuelle à cette menace expressive ; mais, se
levant dès que les mains de l'alderman
cessèrent de s'appuyer sur ses épaules, il
lui tourna le dos d'un air de mépris en
murmurant :

— Eh bien, M. Gravesand, servez votre maître comme vous l'entendez; portez ses chiens, caressez ses chats, parlez à ses perroquets, que m'importe, mais....

On n'a jamais su quelle terrible menace alloit suivre ce redoutable mais; car, précisément en ce moment, et, fort heureusement pour l'harmonie de toute la société, l'éloquence du réformateur fut interrompue par un joyeux tumulte formé par mille voix qui s'écrioient : —Les voilà! les voilà! Assitôt on entendit un bruit semblable à celui des flots de la mer, produit par une multitude immense qui marchoit en avant de la procession. Toutes les fenêtres s'ouvrirent sur-le-champ, et l'on y vit paroître des mères tenant leurs enfans entre leurs bras, des pères en portant d'autres sur leurs épaules, et derrière eux un second rang de têtes élevées au-dessus des leurs par le moyen de chaises sur lesquelles les pieds étoient appuyés.

I. 9

Les sons de la musique du lord lieutenant commencèrent à se faire entendre dans le lointain, et l'on vit bientôt la procession tourner le coin de la rue, au milieu d'une foule innombrable qui formoit deux rangs bien serrés. La place du marché se remplit en un instant, comme si le flux de l'Océan y fût entré, et tous les yeux se fixèrent sur le cortége, qui commençoit à déployer sa pompe.

La marche étoit ouverte par les archers de Snowdon, portant leur ancien uniforme vert et blanc, marchant deux à deux au nombre de cent vingt. Ils étoient suivis par un jeune homme à cheval, en costume noir et cramoisi, qu'on avoit coutume d'appeler Lance-d'Or, parce qu'il porte la lance d'or du château d'Harlech, avec laquelle, suivant un ancien usage, il doit entrer, pendant une certaine partie du service divin, dans l'église de Machynleth le jour de la fête de Saint-David, et dans celle de Dolgelly le dimanche de la Pentecôte, et là, frapper trois fois contre ce qu'on appelle le Tombeau des traîtres, en prononçant une formule de conjuration en trois langues. Après lui venoient les quatre-vingt-quatre gardes forestiers de Penmorfa, tous montés à cheval, et marchant quatre de front. Leur uniforme étoit blanc et azur, et les harnois de leurs chevaux offroient les mêmes couleurs. Jadis il étoit d'usage qu'ils ne montassent que des chevaux blancs; on s'étoit relâché de cette coutume à cause de la pauvreté à laquelle les habitans de Penmorfa avoient été réduits par les irruptions multipliées de la mer; mais elle venoit d'être rétablie par la générosité de sir Morgan Walladmor, ce qui donnoit un nouvel éclat au cortége. Le shérif du comté de Mérioneth marchoit ensuite, escorté de ses officiers, portant tous l'ancien costume du pays, et alors venoit la partie la plus intéressante de la cavalcade.

Il étoit d'usage que le jour de Saint-
David l'évêque de Banger envoyât un
représentant rendre foi et hommage pour
un manoir qu'il tenoit de la maison de
Walladmor. Si l'héritier présomptif de
cette famille étoit du sexe masculin, il
envoyoit quatre jeunes gens, portant chacun un faucon sur le poing ; mais dans le
cas contraire, c'étoient quatre jeunes filles
qui portoient des colombes apprivoisées.
Les faucons et les colombes étoient une
allusion aux armoiries de la maison de
Walladmor ; et cette année sir Morgam,
pour quelque raison dont il n'avoit pas
rendu compte, avoit jugé à propos d'ajouter
lui-même les quatre faucons.

Voici l'ordre que suivoit cette partie du
cortége. Quatre jeunes filles, rivales l'une
de l'autre par leur beauté, vêtues en blanc,
sans chapeaux, et n'ayant sur la tête qu'un
bonnet en dentelle blanche, et tenant
chacune une colombe d'une blancheur

parfaite , étoient rangées sur une même
ligne avec les quatre jeunes gens portant
les faucons , et qui avoient sur les épaules
un manteau de couleur pourpre. Tous les
huit étoient montés sur des chevaux blancs.
Derrière eux marchoit une espèce de char
triomphal , peu élevé , mais spacieux ,
sur lequel on voyoit les cinq joueurs de
harpe de sir Morgan , tenant en main les
harpes d'argent , prix qu'ils avoient rem-
portés dans les concours établis en 1567 ,
sous le règne d'Élisabeth. Ce char étoit
suivi par cinq guerriers , montés sur des
chevaux d'une taille gigantesque , et portant les bannières des cinq châteaux qui ap-
partenoient à sir Morgan dans le pays de
Galles. Ils tenoient ces bannières en avant,
de manière à les faite flotter sur la tête
des jeunes filles et de leurs compagnons,
de sorte que les colombes , les faucons , les
jeunes gens des deux sexes qui les portoient , les chevaux blancs , le char , les
vénérables joueurs de harpe , leurs instru-

mens d'argent, et les cinq guerriers formoient un groupe central sur lequel les
bannières déployées sembloient étendre
un dais triomphal étincelant d'or ou de
pourpre.

C'étoit le centre du cortége, et à la tête
de ce groupe on voyoit les deux personnages qui présidoient à la cérémonie, et
qui, tant en cette qualité que par l'intérêt
qu'ils inspiroient personnellement, attiroient sur eux la plus grande partie de
l'attention générale.

En avant des quatre porteurs de faucons, étoit un vieillard, maigre et de
grande taille, monté sur un beau coursier
gris, et dont le costume auroit pu faire
pousser des éclats de rire, si sa physionomie n'avoit imprimé le respect. C'étoit sir
Morgan Walladmor. Ses vêtemens consistoient en un habit complet de velours brodé,
coupé à la française, et qui auroit pu être à

la mode à la cour de Versailles pendant la
minorité de Louis XV, sous la régence du
duc d'Orléans. Peut-être l'avoit-il porté
dans sa jeunesse en quelque occasion mé-
morable; peut-être le regardoit-il comme
lui ayant jadis facilité quelque conquête
qu'il se rappeloit encore avec plaisir ; peut-
être enfin y rattachoit-il quelque autre souvenir intéressant pour lui; quoi qu'il en soit,
le fait est qu'on ne lui voyoit jamais
d'autre habit le jour de Saint-David, et
qu'il ne le portoit aucun autre jour de
l'année. Il sembloit consacré à cette fête;
mais toutes les cérémonies et commémora-
tions qui n'inspirent que de la joie à la
jeunesse, apportent toujours avec elles
quelques idées mélancoliques à l'homme
chargé d'années. Quand ce chagrin n'est
qu'un tribut naturel de regrets payé par
l'homme aux images que lui offre le passé
de sa courte existence, il est souvent ba-
lancé par une sorte de plaisir. Mais l'é-
tranger qui examinoit les traits de sir Mor-

gan avec l'œil d'un observateur, y lisoit
la longue histoire d'une affliction qui pé-
nétroit au-delà de la superficie d'un chagrin que nul plaisir ne pouvoit adoucir.

L'expression habituelle de la physionomie de sir Morgan étoit donc la mélancolie ; mais cette mélancolie étoit toujours
tempérée par une sorte de bonne humeur ;
elle avoit même quelque chose de plaisant,
quoiqu'il s'y mêlât un reste de cette fierté
sévère qui autrefois, disoit-on, entroit
pour beaucoup dans son caractère. Mais
cette fierté avoit cédé depuis long-temps à
l'influence de l'âge, et surtout à celle de
l'affliction, dont la main aplanit et adou-
cit toutes les aspérités du cœur humain.
Toute dureté factice qui pouvoit avoir jadis
jeté une ombre sur sa douceur naturelle
avoit disparu depuis long-temps ; mais de
tous les jours de l'année, la fête de Saint-
David étoit celui où son cœur ne pouvoit
s'ouvrir qu'à des actes de bienfaisance et

de bonté ; car il se dilatoit en voyant re-
naître sous ses yeux la pompe et la gloire
dont avoient joui ses ancêtres. Chaque
partie de la cérémonie étoit pour lui un
langage symbolique, et il voyoit ces sym-
boles se réfléchir dans les yeux du plus
obscur de ses concitoyens; c'étoit un l'an-
gage muet qui exprimoit la fierté nationale,
et qui lui sembloit avoir une application
directe à lui-même, comme représentant
les anciens chefs du pays.

Mais, indépendamment de ce sentiment
patriotique, sir Morgan étoit capable de
jouir du bonheur le plus pur que l'homme
puisse espérer, celui qui résulte de la vue
du bonheur des autres. C'étoit pour la
soixantième fois qu'il figuroit dans cette
procession, car il y avoit paru pour la première à l'âge de cinq ans. Sir Morgan avoit
reçu la meilleure éducation, et, en cette
occasion, il en donnoit des preuves par
toutes ses manières. On n'auroit pu dire

qu'il montroit de la condescendance et de
la politesse; car ces nuances se perdoient
dans le sourire de bonté paternelle
qui brilloit dans ses yeux, quand il les
portoit sur la foule qui l'environnoit. Les
enfans et les vieillards, les hommes et les
femmes, le riche citadin et l'humble villageois, attiroient également son attention, et
il faisoit un signe de tête au plus pauvre
habitant d'une chaumière avec un air de sin-
cérité cordiale qui ne permettoit d'y soupçonner aucune affectation. Tous ceux sur qui
ses yeux s'arrêtoient un instant sourioient
avec délices, et lui rendoient avec reconnoissance le salut qu'ils en avoient reçu.

En passant devant l'auberge, sir Morgan
jeta un regard sur les croisées du premier
étage; et, les voyant garnies d'une foule
d'étrangers, il les salua avec la grâce et
l'urbanité d'un courtisan. Il ne put cependant retenir un sourire malin, en y apercevant M. Dulberry, dont la réputation

patriotique étoit arrivé jusqu'à lui. De
tous ceux qui se trouvoient dans l'auberge,
le réformateur fut le seul dont la taille
maintînt une inflexibilité rigide ; car il crut
devoir à ses principes de radicalisme de ne
pas répondre au salut que le lord lieutenant avoit adressé à toute la compagnie.

Mais quelque imposant que fût l'aspect
de sir Morgan, quelque singulier que fût
son costume, sa jeune compagne, marchant à la tête des demoiselles qui portoient
les colombes, attiroit les regards encore
davantage. Elle jeta aussi un coup d'œil à
la hâte sur les fenêtres de l'auberge ; mais
y voyant une foule d'étrangers, elle en détourna les yeux sur - le - champ. Ils sa-
voient tous que c'étoit la nièce du baronnet ; et, quand elle eût été moins intéressante par elle-même, ce qu'on en
avoit dit la veille auroit suffi pour lui prêter
de l'intérêt.

Le chagrin se montroit en miss Walladmor sous la forme la plus touchante.
Cependant il avoit encore respecté sa
beauté ; et, s'il avoit miné lentement sa
santé, il n'avoit fait que tempérer l'éclat
de ses charmes. Il étoit évident à tous
les yeux que miss Walladmor n'étoit pas
une de ces personnes qui deviennent vic-
times volontaires des peines du cœur, et
qui s'abandonnent à l'accablement d'esprit
sans y avoir résisté. Il étoit vrai que
l'affliction, qu'elle avoit connue de bonne
heure, avoit un peu terni le lustre de ses
grands yeux bleus, et avoit donné un air pen-
sif et un expression de timidité à sa physionomie. Mais si son œil étoit moins brillant,
il étoit encore plein d'intelligence et de
vivacité ; et si les roses de ses joues étoient
un peu pâles, cette pâleur laissoit apercevoir que son visage n'avoit pas été destiné
à porter cette livrée. En un mot, tout son
extérieur annonçoit que la nature l'avoit
douée d'une bonne santé et d'une disposi-

tion à la gaieté, mais que l'une et l'autre souffroient des suites d'une épreuve à laquelle elle avoit été soumise trop jeune pour pouvoir la supporter.

N'étant montée à cheval qu'à l'entrée de Machynleth, miss Walladmor ne portoit pas l'habit que prennent ordinairement les dames en cette occasion. Pour se conformer aux désirs de son oncle, elle s'étoit vêtue en blanc, comme les jeunes filles qu'elle précédoit, et avoit pris les rubans blancs et le bonnet de dentelle qui sembloient consacrés à un pareil jour par un ancien usage. Elle y avoit seulement ajouté, à cause du froid, une pélerine en hermine. Elle montoit un palefroi blanc de cette belle race si estimée par Charles Ier, et qui, dans le fait, descendoit en ligne directe du fameux Rose-Blanche, superbe coursier que la sœur de ce monarque, épouse de l'électeur palatin, avoit donné à un des ancêtres de sir Morgan, qui l'a-

voit conduite à Heidelberg. A l'instant où
miss Walladmor passoit devant l'auberge,
une des colombes s'échappa des mains de
la jeune personne qui la portoit, et alla
se percher sur l'épaule de sa jeune maî-
tresse, complétant ainsi un tableau allégo-
rique de l'innocence et de la beauté, et
qui n'en étoit que plus en harmonie avec
l'antique cérémonial de cette solennité hé-
raldique.

Tels étoient les deux personnages qui
figuroient au centre de la procession, et
qui éclipsoient tous les autres. Tous les
regards se portoient sur eux, et ou-
blioient le reste du cortège. Le bailli de
Talyllyn avec le surcot et les éperons d'argent de Llewellyn ; le grand constable
d'Aber - Glass - Llyn avec ses officiers,
portant leur antique livrée ; l'évêque de
Saint-Asaph en costume épiscopal, qui
devoit assister à cette cérémonie à titre de
redevance pour son domaine d'Aberkil-

vie ; le maire et le corps municipal de
Machynleth en grand costume ; tous dé-
filèrent sans qu'on jetât sur eux un seul
coup d'œil, tant sir Morgan et sa nièce
exerçoient sur les spectateurs une sorte de
fascination. Le charme ne se rompit que
lorsque le groupe de musiciens arriva en
jouant de divers instrumens. Après eux
marchoit un détachement de marins de
Barmouth, deux compagnies de dragons ;
et le shérif du comté de Carnarvon avec sa
suite terminoit la cavalcade.

A mesure que la procession avançoit,
la foule disparoissoit pour la suivre, chacun étant empressé de s'assurer une place
dans l'église. Bertram, qui avoit partagé
bien sincèrement l'admiration et la compassion que miss Walladmor inspiroit
universellement, ne se sentoit pas moins
ému par le sentiment national qui prési-
doit à cette fête, quoiqu'il fût étranger et
qu'il ne fît que d'arriver dans ce pays. Qui

pourroit le blâmer? La vue de toute une multitude entraînée par un même sentiment fait naître irrésistiblement un mouvement de sympathie dans le cœur du spectateur, s'il n'est de glace ou de pierre, quand même son jugement n'approuveroit pas ce sentiment.

Quoique fils soumis et fidèle de l'église presbytérienne d'Écosse, je me rappelle une occasion où je fus moi-même surpris involontairement par l'enthousiasme, au point de commettre ce que je regarde comme un acte d'idolâtrie romaine. C'étoit à Orléans; le jour étoit superbe; le son des cloches annonçoit une fête; je rencontrai une grande procession dont le caractère paroissoit moitié religieux, moitié militaire, et je ne sais quelle impulsion morale me fit suivre la foule, car je ne puis dire qu'elle m'entraîna. Tout à coup, l'angle d'une rue me plaça dans une telle position que je pus embrasser d'un coup

d'œil tout ce qui me précédoit, et je vis
cette vaste ligne qui formoit alors un croissant, et dont les premiers rangs entroient
dans la cathédrale par le grand portail. Je
vis les prêtres revêtus de splendides vêtemens, les dais ornés de riches panaches,
les légions, les bannières et les lis de la
France, s'engloutir tour à tour dans cette
vaste église, qui me paroissoit devoir être
un abîme sans fond. J'arrivai enfin aussi
au portail de l'église, j'y entrai comme les
autres; et quoique je ne pusse pénétrer
bien avant, tant elle étoit déjà pleine, j'enten-
dis les sons ravissans de l'orgue et ceux
d'une musique militaire qui s'élevoient
successivement vers le ciel avec la fumée
de l'encens qu'on brûloit; je vis toutes les
fenêtres vitrées en verres de couleur, représentant divers traits tirés de la Bible et
de l'histoire des saints; et au-dessus du
grand autel, un tableau représentant la
Vierge et Jésus-Christ, sur lequel tomboit
précisément un rayon de soleil. Tout à

9*

coup, une fanfare de trompettes se fit
entendre, et presque au même instant un
chœur, formé par les plus belles voix,
chanta la magnifique antienne de Pergo-
lèse, *Les morts ressussiteront.* En cet
instant mes larmes coulèrent avec celles
de la multitude : je tombai à genoux ; je
reconnus que je professois la même foi,
que je partageois les mêmes espérances.
J'en conviens, je fus un moment apostat
d'esprit, et mon imagination embrassa la
foi de l'église romaine par amour pour ses
pompes et pour ses vanités. J'espère que ce
péché m'a été pardonné, car je puis assurer l'église d'Ecosse que c'est la seule occasion dans toute ma vie où je me sois écarté
en pensée de sa foi pure et orthodoxe.

— Poussé par une semblable impulsion,
occasionée par la contagion de l'enthousiasme général, Bertram suivit la procession dans l'église. La foule le porta par
hasard dans un endroit d'où il pouvoit dé-

couvrir toute la nef, qui étoit dans le style
le plus simple d'architecture gothique, et
dénuée de tous les ornemens·fleuris dont
elle se couvrit dans un temps postérieur à
la construction de cet édifice. La masse
des énormes piliers qui soutenoient la
voute n'avoit pas été violée par la main
de l'art; les bases, les chapiteaux, les cor-
niches et les plinthes, offroient la même
nudité. Une circonstance qui frappa Bertram, comme ajoutant du pittoresque et
une grandeur grossière à l'effet total, et
comme s'accordant parfaitement avec ce
genre d'architecture, c'étoit que cette voûte
n'étoit pas couverte, si ce n'est par d'é-
normes poutres en chêne qui avoient vu
quatre siècles s'écouler, et entre lesquelles
on apercevoit l'azur du firmament. En
dessous étoient suspendues d'antiques bannières, flottant au gré de l'air qui les agitoit; et les piliers étoient revêtus de bou-
cliers, de heaumes, de cottes de maille
et d'autres armes antiques, arrangées de

manière à former des trophées. Le tout
étoit couvert d'une poussière vénérable,
produit de plusieurs siècles, et qu'aucun
loyal Gallois n'auroit voulu troubler pour
tout au monde.

Le service divin, comme c'est l'usage à
Machynleth, à Banger et en d'autres endroits dans le nord du pays de Galles, fut
célébré, partie en gallois, partie en anglais.
Le chant, soutenu par un orgue, parut à
Bertram avoir un caractère presque martial. Cependant, à l'instant où le sermon
alloit commencer, une ancienne cérémonie
prouva que si la religion du jour se paroit
de l'extérieur d'un orgueil mondain et
d'une exaltation terrestre, le patriotisme
belliqueux des Gallois pouvoit s'élever
quelquefois jusqu'à une expression reli-
gieuse. Le peuple se sépara tout à coup de
droite et de gauche, laissant un passage
ouvert depuis le grand portail. Une trom-
pette sonna, et Lance-d'Or entra à cheval,

la lance en arrêt, traversa la nef, entra
dans le chœur, et s'arrêta devant un mo-
nument de marbre noir. Il s'y arrêta un
instant, et s'écria ensuite à haute voix, en
gallois, en anglais et en latin : —Bâtard de
Walladmor ! Le chœur répondit à cet
appel en chantant une antienne lugubre. Il
leva alors sa lance, en frappa la tombe, et
l'orgue joua un air mélancolique, après
quoi le chœur chanta encore une autre antienne. Le champion leva sa lance une seconde fois et la fit entrer dans une ouver-
ture pratiquée à la poitrine de l'effigie en
marbre noir d'un chevalier agenouillé sur
la tombe. La pointe y pénétra environ un
pied; et l'orgue ayant encore joué un air
plaintif, il prononça trois fois ce qui suit,
dans les trois langues dont il s'étoit servi
pour faire l'appel :

— Que Dieu, qui en six jours et sept
nuits créa le ciel, la terre et tout ce qui y
est contenu, envoie ton âme criminelle

dans cette tombe, aussi long-temps que le
monde subsistera, pour y entendre tous
les ans, le jour de Saint-David, le message
que je t'apporte de Walladmor et d'Harlech. — La mort que tu as donnée aux
chiens de païens leur a été donnée en vain.
— La trahison qui vouloit fouler aux pieds
la croix fut confondue par de foibles instrumens choisis par Dieu, un faucon et
une colombe. Le croissant fut obscurci à
Walladmor; la javeline d'or l'emporta à
Harlech, et la bannière de Walladmor est
encore déployée. Qu'elle se déploie jusqu'à ce qu'Arthur reparoisse doué de pouvoir et de beauté, et alors ta trahison te
sera pardonnée.

A ces mots, le héraut reprit sa lance,
fit un salut à l'autel, et se retira, pendant
que le chœur, accompagné par l'orgue,
chantoit une des antiennes de Judas Ma-
chabée.

Suivit alors le sermon; mais comme il

fut prononcé en gallois, tout ce que
Bertram put y comprendre fut qu'il étoit
rempli d'allusions aux illustres guerriers
nés dans le pays de Galles. Dans le fait ce
discours étoit d'un caractère aussi martial
que le reste de la cérémonie; et il parut
satisfaire l'ardeur patriotique des auditeurs. Dès qu'il fut terminé, le son de
l'orgue dans l'intérieur de l'église, et celui
des instrumens de musique qui étoient
restés à la porte, annoncèrent que le cortége alloit se remettre en marche.

FIN DU PREMIER VOLUME.

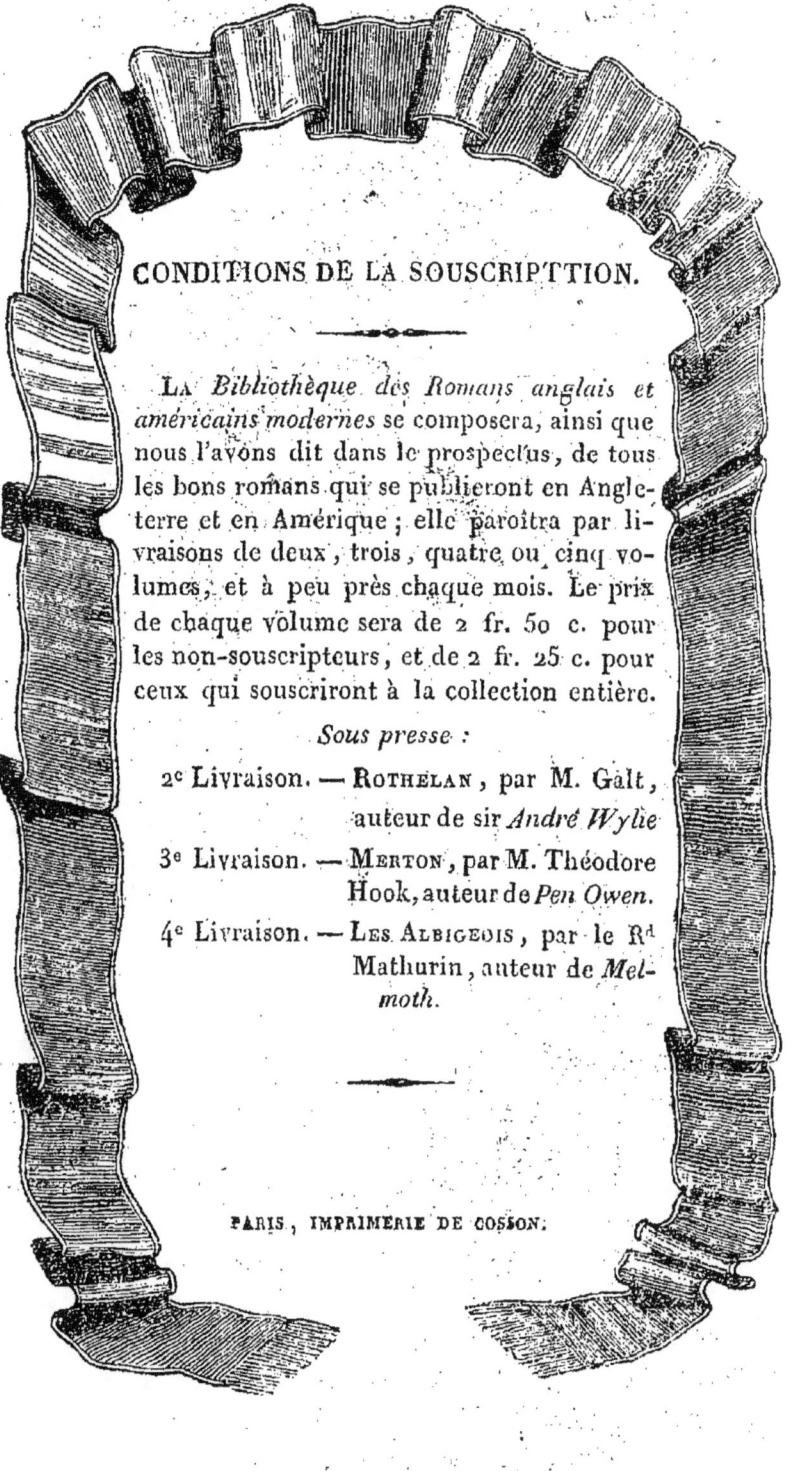

CONDITIONS DE LA SOUSCRIPTTION.

La *Bibliothèque des Romans anglais et américains modernes* se composera, ainsi que nous l'avons dit dans le prospectus, de tous les bons romans qui se publieront en Angleterre et en Amérique ; elle paroîtra par livraisons de deux, trois, quatre ou cinq volumes, et à peu près chaque mois. Le prix de chaque volume sera de 2 fr. 50 c. pour les non-souscripteurs, et de 2 fr. 25 c. pour ceux qui souscriront à la collection entière.

Sous presse :

2ᵉ Livraison. — Rothelan, par M. Galt, auteur de sir *André Wylie*

3ᵉ Livraison. — Merton, par M. Théodore Hook, auteur de *Pen Owen*.

4ᵉ Livraison. — Les Albigeois, par le Rᵈ Mathurin, auteur de *Melmoth*.

PARIS, IMPRIMERIE DE COSSON.